Th
Fal

Zu diesem Buch

»Nehmen Sie auch eine ganze Bibliothek?« Eines Tages steht Faller im Laden und lädt den jungen Antiquar Alexander Storz zu sich ein. Neugierig sieht sich der die Sammlung an: Erstdrucke, signierte Exemplare, alles Kostbarkeiten. Sie kommen ins Gespräch – und spontan unterbreitet Faller ein zweites Angebot: »Begleiten Sie mich auf eine Reise. Sie fahren, ich bezahle Sie.« Schon am nächsten Tag sitzen die beiden in einem dunkelgrünen Jaguar und machen sich auf den Weg. Über das Ziel der Reise schweigt sich der unergründliche Faller aus, und Alexander versucht ein Muster, eine Idee hinter den Orten zu erkennen, die sie anfahren. Geht es hier um die Begleichung einer alten Schuld? Um Rache oder die Liebe? Je länger sie unterwegs sind, je länger sie miteinander über das Leben reden, die Liebe und die Welt, wie sie ist, desto klarer wird Alexander, dass er endlich Gewissheit bekommen muss über Agnes, seine eigene große Liebe.

Thommie Bayer, geboren 1953 in Esslingen, studierte Malerei an der Kunstakademie in Stuttgart. 1985 veröffentlichte er seinen ersten Roman »Eine Überdosis Liebe«. 1993 wurde er mit dem Thaddäus-Troll-Preis ausgezeichnet. Seine Romane »Spatz in der Hand« und »Andrea und Marie« wurden fürs Fernsehen verfilmt. Daraufhin erschienen die erfolgreichen Romane »Das Aquarium«, »Die gefährliche Frau«, »Singvogel«, der für den Deutschen Buchpreis nominierte Roman »Eine kurze Geschichte vom Glück«, »Aprilwetter«, »Die frohe Botschaft abgestaubt« und zuletzt »Fallers große Liebe«. Weiteres zum Autor: www.thommie-bayer.de

Thommie Bayer

Fallers große Liebe

Roman

Piper München Zürich

Mehr über unsere Autoren und Bücher:
www.piper.de

Von Thommie Bayer liegen bei Piper vor:
Der langsame Tanz
Spatz in der Hand
Der Himmel fängt über dem Boden an
Die gefährliche Frau
Singvogel
Eine Überdosis Liebe
Eine kurze Geschichte vom Glück
Die frohe Botschaft abgestaubt
Aprilwetter
Fallers große Liebe

Mix
Produktgruppe aus vorbildlich bewirtschafteten
Wäldern und anderen kontrollierten Herkünften
www.fsc.org Zert.-Nr. GFA-COC-001223
© 1996 Forest Stewardship Council
FSC

Ungekürzte Taschenbuchausgabe
Juni 2011
© 2010 Piper Verlag GmbH, München
Umschlagkonzept: semper smile, München
Umschlaggestaltung und -illustration:
R. M. E Roland Eschlbeck und Kornelia Rumberg
Satz: Satz für Satz. Barbara Reischmann, Leutkirch
Papier: Munken Print von Arctic Paper Munkedals AB, Schweden
Druck und Bindung: CPI – Clausen & Bosse, Leck
Printed in Germany   ISBN 978-3-492-27214-8

La Storia siamo noi.

Francesco de Gregori

Für Jone

Als ich am Morgen den Laden aufschloss, fühlte ich mich wie nach einer langen Reise, aber es war nur eine kurze Nacht, die hinter mir lag. Mich empfing der liebenswürdige Mief gebrauchter Bücher, die stolz, geknickt oder gleichgültig auf ein zweites Leben warteten. Die wollten was von mir. Ich sollte für sie da sein. Mir war ein wenig übel und schwindlig, aber das würde sich geben. Ich musste dazu nur die Brille absetzen, das unterwegs gekaufte Sandwich essen und ein bisschen Luft hereinlassen.

Es gibt Tage, da sollte man nicht vor die Tür gehen, nicht mit der S-Bahn fahren, sich nicht vom eigenen Spiegelbild in Schaufenstern erwischen lassen und vor allem nicht mit einer neuen Brille experimentieren: Nieselregen verwandelt das Sommerjackett in einen Lappen, mürrische Lehrlinge mit blondierten Haarspitzen drängen einem unschöne Musik auf, die blechern aus ihren Handys gellt, sondern grelle Gerüche ab und glotzen wie Fische durchs Glas des Aquariums unverständig in die ihnen offenbar rätselhafte Welt; im Fenster der Dessous-Boutique sah ich aus wie ein nur zufällig noch nicht ergrauter Sechzigjähriger, und das auch noch verzerrt, weil mein Gehirn noch nicht mit den stärkeren Brillengläsern zurechtkam, an die ich mich erst noch gewöhnen musste.

Mit der S-Bahn war ich gefahren, weil ich nicht zu Hause übernachtet hatte, sondern bei einer Frau, mit der mich wohl nicht mehr verband als der Wille, sich einander schönzureden, um dem Abend unter allen Umständen ein Quantum an Zärtlichkeit abzutrotzen – sie wohnte auf dem Land, und ich musste zur Arbeit in die Stadt. Ich war nicht sechzig, sondern vierunddreißig und nicht mehr weit entfernt von der Erkenntnis, dass ich ohne höhere Berufung oder verborgene Größe durchs Leben ging, dem Eingeständnis, dass ich nichts Besonderes war, trotz meines leidlichen IQ und umgänglichen Wesens, ich war nur, was die meisten sind: irgendwie am Leben, ohne Hunger, ohne Not und ohne Ziel. Aber noch war es nicht so weit, noch hielt ich mich für ein Unikat, nur eben eines mit nicht allzu viel Fortüne.

Die klassische Philologenkarriere Eins-B hatte ich schon hinter mir, Germanistik und Kunstgeschichte abgebrochen, Rezensionen und kleine Artikel für eine provinzielle Tageszeitung, ABM-Kraft im kommunalen Kino, Taxi, Reiseleiter – was noch fehlte, war Kellner, Fahrradkurier und ABM-Kraft in einem Literaturhaus. Meine Studienfächer hatte ich im Glauben gewählt, dort auf die seelenvollsten Frauen zu treffen, aber besonders viel Seele war für mich nicht abgefallen – ich bin schüchtern und hochnäsig, und das Helfersyndrom ist nicht mehr modern – keine verschwendete einen zweiten Blick an mich notorischen Eckensteher.

Meine längste »Beziehung« hatte drei Jahre gehalten und war vor siebzehn Monaten mit einem Schulterzucken zu Ende gegangen. Mit zwei Schulterzucken eigentlich, einem von ihr, einem von mir. Sie hatte einen anderen, und ich wollte wissen, was ihr an dem besser passe als an mir, worauf sie die Schultern hob und fragte, wieso mich ihre Bedürfnisse auf einmal interessierten, da waren meine Schultern dran.

Ich war nicht einmal wirklich verletzt, ich nutzte nur die Gelegenheit, ihr ein schlechtes Gewissen zu machen, weil es sich eben ergab und ich mein Selbstmitleid auskosten wollte. Dabei war die Aussicht, ohne sie weiterzuleben, weder besonders erschütternd noch überraschend für mich – ich hatte mir das hin und wieder ausgemalt, es mir manchmal sogar gewünscht, nur nie den Mut gehabt, Schluss zu machen, und fühlte mich deshalb eher beschwingt als gelähmt – nur vor mir selbst gab ich nicht zu, dass mein vorherrschendes Gefühl Erleichterung war. Und schon gar nicht vor ihr. Es war einfach zu verlockend, sie ins Unrecht zu setzen.

Vermutlich hatte sie mir auf die Frage nach seinen Vorzügen nicht geantwortet, um mich zu schonen, hatte sich auf die Zunge gebissen, um nicht zwei ellenlange Listen, eine meiner Mängel und eine seiner Stärken, herunterzubeten – den Teil mit meinen Mängeln kannte ich, den anderen wollte ich nicht hören. Eigentlich sollte ich ihr dankbar sein, aber das gelingt mir nicht, weil ich sie vor Kurzem mit schwangerem Bauch gesehen habe und seither der Lesart zuneige, sie habe sich von ihrer biologischen Uhr auf die Suche nach einem Versorger schicken lassen und mich deswegen abserviert. Ich hätte gern ein Kind gehabt. Eine Tochter. Ich wäre auch ein ordentlicher Hausmann geworden. Und ein guter Vater. Ich hätte Geduld gelernt.

Ich ließ die Ladentür offen, ging mit dem Staubsauger durch, legte mein Wechselgeld in die Kasse, setzte einen Kaffee auf – Filterkaffee, der meinem Magen nicht bekommt, aber eine Maschine für Espresso oder Cappuccino konnte ich mir nicht leisten, zumindest glaubte ich das und verkniff mir deren Kauf – stattdessen schüttete ich eben viel warme Milch dazu, die ich auf einer kleinen Platte erhitzte. Ich stellte die beiden Kästen mit Wühlware vor die Tür, die mir hin und wieder Laufkundschaft in den Laden brachte, und ließ den Blick einmal prüfend über die Regale, Stapel und Tische gleiten. Inzwischen schien draußen wieder die Sonne, und ein bisschen von ihrem Licht drang auch in meine halbschattige Höhle.

Ich hatte gerade eins der Bücher aufgeschlagen und den Eindruck gewonnen, es könne sich als lesenswert entpuppen, da klapperte ein Fahrrad vor der Tür, und meine Lieblingskundin wehte herein. Sie weht immer. Vermutlich ist sie eine Fee oder so etwas, die Schwerkraft spielt jedenfalls keine Rolle bei ihr.

»Hallo Kati«, sagte ich, »hast du keine Schule?«

»Freistunde.« Sie zog sich die beiden weißen Ohrstöpsel heraus und steckte sie in ihre Jackentasche, wo der iPod beständig weiterzirpte, weil sie nicht auf die Idee kam, ihn abzuschalten.

Kathrin ist dreizehn, hat immer das Haar zu einem Pferdeschwanz gebunden, dessen Gummi mit einem Blümchen, einem Bärchen oder einer Kirsche verziert ist, sie trägt eine bunte Brille und liest alles, was es über Pferde gibt. Ich lege schon automatisch jedes neu hereinkommende Pferdebuch für sie zur Seite und präsentiere ihr den Stapel, wenn sie vorbeikommt. So auch diesmal. Sie ließ nur eines liegen, weil sie es schon hatte, die vier anderen, darunter ein illustriertes Buch für Sechsjährige und einen Bildband über nordamerikanische Ponys, wollte sie haben.

»Acht Euro für alle«, sagte ich.

Sie zog einen Zehner aus der Jackentasche, ich gab ihr eine Zweiermünze raus, die sie in die andere Jackentasche schob, und weil ich in meiner Schublade kein dickes Gummi fand, um ihr die Bücher zusammenzuspannen, nahm ich eine alte Plastiktüte aus dem Karton unter der Kasse und bot sie ihr an. Sie schüttelte den Kopf. »Passt alles in den Korb«, sagte sie und nahm die Bücher unter den Arm.

»Willst du nicht zwischenrein auch mal was anderes lesen?«, fragte ich sie, »mit den Pferdebüchern bist du bald durch. Was machen wir, wenn's keine neuen mehr gibt?«

»Dann ist immer noch Zeit«, sagte sie und lächelte. »Aber hast du auch was mit Musik?«

»Wie, mit Musik, was meinst du? Ein Sachbuch? Über Instrumente? Oder eine Musikerbiografie? Oder was über einen Komponisten?«

»Nein, eine Geschichte. Aber es sollen Sachen drin vorkommen, mit denen ich im Musikunterricht glänzen kann.«

»Neuer Lehrer?«

Sie errötete ein bisschen und schwieg.

Ich ging nach hinten zum Regal mit meinen Lieblingen, von denen ich nie so recht weiß, ob ich sie nun loswerden oder behalten will, und nahm ein Buch von Michael Schulte heraus, *Rosi und andere Frauen fürs Leben,* die Geschichte eines Geigers, der in Kurorchestern spielt. Das Buch war witzig und leicht. Es konnte ihr gefallen.

»Hier«, sagte ich, »genau zwei Euro. Jetzt bist du pleite.«

»Nein, ich bin reich. Fünf Bücher.«

Sie grub die Münze aus ihrer Tasche, gab sie mir, nahm das Buch und wehte hinaus in den Sommermorgen.

Ich subventionierte Katis Leselust nach Kräften, diese fünf Bücher waren nicht gerade ein gutes Geschäft für mich gewesen, genau genommen gar keines – allein das Ponybuch hatte mich sechs Euro gekostet – es war mal teuer gewesen und gut erhalten.

Sie kam so etwa alle zwei Wochen zu mir und durfte inzwischen eine beeindruckende Pferdebibliothek zu Hause haben, weil sie nie ohne einen ganzen Armvoll aus dem Laden ging. Anfangs, vor fast zwei Jahren, war sie noch schüchtern gewesen, und ich hatte ihr alles aus der Nase ziehen müssen, aber bald wurde sie altklug und vorlaut und behandelte mich wie eine Art Onkel oder großen Bruder. Ich mochte das. Und immer wenn sie wieder draußen war, fiel ich in melancholische Stimmung, weil ich damit rechnete, dass sie schon beim nächsten Mal ihr kindliches Selbstbewusstsein verloren haben könnte und geschminkt, pseudocool, unsicher und versuchsweise blasiert hier vor mir stünde, eine Grimasse zukünftiger Weiblichkeit, von der man fürchten muss, dass sie ihren ursprünglichen Charme nicht wiederentdeckt, wenn der Hormonorkan vorübergezogen sein wird. Dann würde sie auch nicht mehr wehen, mir nicht mehr in die Augen sehen, nicht mehr mit geschürzter Unterlippe ihre Stirnfransen wegblasen und nicht mehr ihre Leidenschaft auf Pferde und alles, was mit ihnen zu tun hat, richten, sondern auf irgendeinen Boygroup- oder Soapstar, der nur dazu auf der Welt ist, ihresgleichen das Taschengeld abzuziehen und die Seele zu verschmieren. Vielleicht ist es doch gut, dass ich kein Vater bin – diesen Wandel würde ich nur schwer verkraften.

—

Bis zum Mittag kamen noch drei Kunden und ein Journalist, der mir einen ganzen Karton voller nagelneuer eingeschweißter Bücher brachte. Rezensionsexemplare. Er machte kein sehr gutes Geschäft, ich gab ihm maximal drei Euro pro Buch, aber er kann nicht riskieren, sie im Internet zu verkaufen, wo er zwar leicht den halben Ladenpreis bekäme, aber auch von einem der Verlage erwischt werden konnte. Dann wäre Schluss mit dem kleinen Zubrot.

Ich musste die Folien abnehmen, damit die Bücher gebraucht wirkten, sonst unterlägen sie der Preisbindung, dann stellte ich sie in ein extra Regal für die aktuelle Frühjahrsproduktion. Es gab ein paar Kenner unter meinen Kunden, die sich gezielt dort umsahen, weil ich immer noch billiger war als Amazon und manchmal auch ganz gut sortiert, denn ich hatte nicht nur diesen einen Journalisten, sondern auch noch zwei seiner Kollegen und hin und wieder Leute, die mir geschenkte Bücher brachten. Wenn ich diese Bücher selbst las, dann tat ich das sehr vorsichtig, um sie nicht zu beschädigen – sie brachten mir ein bisschen mehr Geld ein als der übliche Schamott aus Wohnungsauflösungen, Umzugsvorbereitungen und Kinderzimmer-Aufräumaktionen, der zudem immer ältlicher und gestriger wurde, weil sich alles Aktuelle auch im Internet gut verkauft.

Manchmal warf ich auch Bücher weg. Wenn sich zu viele wie *Die Zitadelle, Tycho Brahes Weg zu Gott,* oder *Das Tal der Puppen*, die in den Sechzigerjahren Bestseller waren und heute von keinem Menschen mehr gelesen werden, bei mir stapelten und auch in der Wühlkiste keine Flügel bekamen, dann sortierte ich sie aus und ging mit blutendem Herzen zum Container. Bücher wegzuwerfen ist Barbarei. Aber es gab niemanden, dem ich sie schenken konnte, und ich brauchte Platz für das, was ging.

Am Nachmittag war ein bisschen mehr los, aber als ich abends aufräumte und meine Tageseinnahmen in die Hosentasche steckte, waren das gerade mal knapp fünfzig Euro – kein berauschendes Ergebnis. Mit solchen Erlösen würde sogar ich an die Wand fahren, wenn es nicht auch hin und wieder bessere Tage gäbe. Die Miete für meine kleine Wohnung, die für den Laden, Krankenversicherung, Nebenkosten, meine bescheidenen Mahlzeiten und der Bücherankauf brauchten mindestens zweitausend im Monat, und das auch nur deshalb, weil die Ladenmiete so verrückt günstig war. Vierhundertzwanzig. Das war für Köln im Allgemeinen und für die Südstadt im Besonderen ein Witz. Die Hausbesitzerin, eine alte Dame, wollte einfach nicht auf ihre Kinder hören, die ihr seit Jahren einen Blick auf den Mietspiegel nahelegten. Sie war so eigensinnig wie reizend und erhöhte nur hin und wieder mal die Umlage für Heizung und Strom. Ihr reichte das Geld zum Leben. Ein Fossil. Mein Glück. Solange sie am Leben blieb.

Über den Sommer würde ich immerhin kommen, weil ich vor einigen Tagen eine ganze Sammlung übernommen hatte, die ich mit Gewinn über einen echten Antiquar weiterverkaufen konnte. Signierte Erstausgaben von Doderer, Musil, Brecht und einige wirklich alte Bücher aus dem achtzehnten Jahrhundert. Es war schnell gegangen. Fast wie ein Drogen- oder Waffendeal. Der Antiquar hatte alles in Kommission genommen und, einige Telefonate später, zu erstaunlichen Preisen weiterverkauft. Mit ihm arbeitete ich immer zusammen, wenn ich zufällig an etwas Wertvolles geriet. Er hatte die richtige Kundschaft.

Nur mein Gewissen plagte mich. Ich hatte der Frau, einer überforderten und vom Unfalltod ihres Sohnes erschütterten Rentnerin bei der Wohnungsauflösung tausend Euro für alle Bücher geboten, und sie hatte dankbar angenommen, weil sie das für einen fairen Preis hielt. Ich schämte mich. Mir blieben von dem Handel knapp viertausend, und für den Antiquar waren es fast zwei. Ich dachte nicht gern daran. Ich bin wohl nicht der geborene Kaufmann. Oder doch. Vielleicht schämen die sich auch.

—

Ich hatte gerade die beiden Kisten mit Lockstoff, Taschenbüchern für einen Euro pro Stück, in den Laden getragen und war dabei, abzuschließen, als ein Mann, der zuerst an mir vorbeigegangen war, innehielt, als habe ihn mein Anblick auf eine Idee gebracht, sich zu mir umwandte und fragte: »Nehmen Sie auch eine ganze Bibliothek?«

»Wenn ich sie mir leisten kann, ja«, sagte ich.

»Haben Sie jetzt Zeit?«

»Ja.«

»Dann kommen Sie. Ist nicht weit.«

Er ging ein paar Schritte, drehte sich dann zu mir um und streckte die Hand aus: »Faller«, sagte er. »Ich werfe Ballast ab.«

Ich nahm seine Hand und sagte: »Storz«, dann eilte er weiter, und ich hatte Mühe, mit seinem Tempo Schritt zu halten. Ein paar Minuten später betraten wir einen Hinterhof, fuhren in einem Aufzug, den Herr Faller mit einem Schlüssel bediente, in den fünften Stock hoch, traten dort in ein Entree mit Garderobe, Schiffsmöbeln und Einbauschränken, von dem fünf Türen, vier normale und eine gläserne Flügeltür, in eine offenbar erst kürzlich ausgebaute Dachwohnung führten. Alles war perfekt, keine Ecke angestoßen oder abgeschabt, kein Fleck auf der Tapete und kein Kratzer im Parkett.

»Hier entlang«, sagte Faller und stieß die Flügeltür auf. Ich stand in einem schönen, von großen Fenstern erhellten Raum, der mit Bildern, einem Esstisch und Stühlen eingerichtet war. Die Bilder, allesamt Originale, waren abstrakt und blass, Informel oder Minimalismus in der Tradition von Klein und Tapies und vielleicht wertvoll. Eine weitere Flügeltür führte in einen gleich großen, aber ganz anders eingerichteten Raum: Bücherregale, die alle vier Wände bedeckten, nur durchbrochen von den

Fensteröffnungen, ein Ledersofa, das alt und amerikanisch aussah, ein Lounge Chair von Eames in dunklem Palisanderholz und ein weiterer Sessel, der in der gleichen Art wie das Sofa gearbeitet war, ein Fernseher, nicht sehr groß, aber sehr schön und ein größerer niedriger Tisch, auf dem einige Architekturzeitschriften, Geo, Focus, Spiegel und zwei aufgeschlagene Bücher lagen.

Ich stand nur da und ließ mich überwältigen. Das hier war ein Traum, den ich nie träumen dürfte, die Wohnung eines reichen Menschen mit Geschmack.

»Trinken Sie was?«, fragte Faller.

»Gern«, hörte ich mich sagen, aber wie durch eine Schicht Handtücher oder Tischdecken hindurch. Meine eigene Stimme klang wie die eines Fremden, der irgendwo weiter weg stand und mich nichts anging.

»Ein Glas Rotwein?«

»Sehr gern, ja.«

Er verschwand – ich hörte die Geräusche, die zum Öffnen einer Flasche, Herausnehmen und Bereitstellen zweier Gläser und Einschenken gehören, und rührte mich nicht vom Fleck, bis er wiederkam und mir eins der Gläser reichte, seines erhob und einen Schluck nahm. Ich tat es ihm nach – natürlich war der Wein exquisit, ein Vino Nobile oder Barolo, dessen Preis ich mir gar nicht erst vorstellen wollte. Ich machte ein respektvolles Geräusch, als ich das Glas vom Mund absetzte, und er lächelte mich an.

»Chianti«, sagte er, »mein derzeitiger Liebling.«

»Ich würde nie mehr was anderes trinken«, sagte ich.

»Die Idee hat was. Man muss das Gute nicht mit der Suche nach Besserem beleidigen. Sie haben recht.«

Aus den Fenstern sah man über die Dächer, aber ich konnte mich nicht in den Anblick verlieren, denn Herr Faller sagte jetzt: »Hier, diese Bücher. Ich will sie alle auf einmal loswerden, kein Einzel-Hin-und-Her und kein Feilschen. Ganz oder gar nicht.«

Ich hatte schon eine große Menge Bände der *Anderen Bibliothek* erkannt, nicht die in Leder, sondern die bunte Papierausgabe, und zog einen heraus, den ich an seinem gelb-grün schräg gestreiften Rücken erkannte: *Fromme Lügen* von Irene Dische. Dies Buch allein war schon an die hundert Euro wert.

»Das sind die ersten zwölf Jahre komplett«, sagte Faller, »hundertvierundvierzig Bände. Alle im Bleisatz gedruckt.«

»Das ist vielleicht eine Nummer zu groß für mich«, sagte ich und hätte mir am liebsten gleich danach auf die Zunge gebissen. So handelt man nicht. Man gibt nicht zu, dass etwas wertvoll ist.

»Schauen Sie sich einfach mal um, dann sehen wir weiter«, sagte er und ließ mich allein.

Ich fand noch weitere Kostbarkeiten: Paul Celans *Der Traum vom Traume*, *Die junge Parze*, *Sprachgitter*, das sogar signiert, und die *Vierundzwanzig Sonette* von Shakespeare in seiner Übersetzung. Das allein waren schon zweitausend Euro oder mehr, dann

Nemesis Divina von Carl von Linné, zwei Erstausgaben von Sigmund Freud, *Radetzkymarsch* von Roth, einige aus zumindest frühen Auflagen von Lion Feuchtwanger, *Erfolg, Der jüdische Krieg* und *Exil* – ich griff nicht mehr nach weiteren Büchern, es war klar, dass ich mir das hier aus dem Kopf schlagen musste. Es war ein Vermögen wert. Soviel Geld würde mir niemand leihen und auch mein Profi-Antiquar nicht vorstrecken können. Selbst wenn er sich mit den kostbareren Sachen abgeben durfte – er lebte wie ich von der Hand in den Mund.

»Sind Sie Germanist?«, rief ich, und Faller antwortete aus der Küche, wo ich ihn mit Glas und Flasche hantieren hörte: »Nein. Ich wollte mal ein Leser werden.«

Ich ging zu ihm, *Exil* noch in der Hand – er stand auf einem Balkon, der von der Küche aus zu betreten war, und rauchte eine Zigarre.

»Das sind Kostbarkeiten«, sagte ich, »wenn ich mich trauen würde, Sie zu bescheißen, dann könnte ich mir ein bisschen was leihen und zusammen mit meinem Ersparten Fünftausend bieten, aber das ist ganz und gar unangemessen. Ich hatte schon zwei Bücher in der Hand, die allein je tausend Euro bringen würden. Und noch keines, das weniger als fünfzig wert ist.«

Er sah mich an und zog an seiner Zigarre.

»Ehrlich sind Sie schon mal«, sagte er und bückte sich nach der Weinflasche, die neben ihm auf dem Boden stand, richtete sich auf und senkte den Hals in Richtung auf mein Glas. Es war leer. Ich war überrascht, dass ich es so schnell ausgetrunken hatte. Er schenkte nach.

»Und wenn Sie alles in Kommission nehmen, und wir machen halbe-halbe?«

»Dann bin ich für zwei Jahre saniert«, sagte ich, »aber es zieht sich hin, und Sie machen eventuell das schlechtere Geschäft.«

Er sah über die Dachlandschaft und zündete seine erloschene Zigarre wieder an.

»Sie sagten, Sie wollten mal ein Leser werden, sind Sie keiner?«, fragte ich, und er hob die Schultern: »Jedenfalls nicht der, der ich werden wollte.«

Ich sah ihn nur fragend an. Er legte die schon wieder erloschene Zigarre aufs Balkongeländer und trank einen Schluck.

»Ich hatte gedacht, die Welt verschwindet beim Lesen, aber sie verschwand nicht.«

Ich hatte das Gefühl, dass ich nicht weiter nachfragen sollte – etwas Trauriges oder Enttäuschtes hatte sich hier eingeschlichen –, also trank ich auch einen Schluck, obwohl ich schon spürte, dass mir der schwere Wein auf nüchternen Magen zu schaffen machte.

»Was ganz anderes«, sagte er, »haben Sie ein bisschen Zeit? Ein, zwei Wochen?«

»Wann, wofür?«

»Jetzt. Ab morgen, wenn Sie so schnell können. Ich muss eine Tour durch einige Städte machen und habe keinen Führerschein.« Er hob sein Glas. »Deswegen. Die haben mich mit eins Komma zwei erwischt.«

Ich dachte überhaupt nicht nach, ich antwortete sofort: »Zeit hab ich, Führerschein hab ich, und den Laden kann ich eine Weile zumachen, oder ich finde jemanden, der ihn für mich hütet.«

»Tausend in der Woche, bar, schwarz, wenn Sie wollen, okay?«

»Ja«, sagte ich und konnte nicht verhindern, dass ich ihn breit anlächelte. Eigentlich wollte ich cool und beiläufig wirken, aber dieses Angebot war einfach umwerfend.

Er lächelte zurück. Aber nur kurz. Dann sagte er: »Sie machen mir den Eindruck, dass man mit Ihnen plaudern kann, wenn's passt, und auch schweigen, wenn das besser passt.«

»Der Eindruck ist korrekt«, sagte ich.

»Die Spesen gehen natürlich auf mich.« Er nahm die Zigarre und betrachtete sie kurz, ob es sich lohnte, sie noch mal anzuzünden, dann entschied er sich dagegen und warf sie in hohem Bogen zwischen die Häuser. »Essen, Hotel, was immer Sie brauchen unterwegs – Ihr Honorar bleibt unangetastet«, sagte er, »haben Sie ein Handy?«

»Ja.«

Er wollte mir erneut nachschenken – ich hatte schon wieder ausgetrunken, aber ich hielt die Hand übers Glas. Inzwischen war mir schwummrig, ich musste unbedingt was essen. Er goss sein eigenes Glas voll, und die Flasche war leer. Kein Wunder, dass er keinen Führerschein mehr hatte. Ich würde aufpassen müssen, dass ich meinen unterwegs nicht auch noch loswurde.

Er schrieb mir seine Telefonnummer auf einen Zettel und bat mich anzurufen, wenn ich bereit sei.

»Morgen Mittag vielleicht«, sagte ich, »oder schon morgen früh.«

»Das mit der Bibliothek machen wir dann später«, sagte er, »bis morgen«, und ich war entlassen. Er starrte über die Dächer, während ich noch einmal in die Bibliothek ging, das Buch an seinen Platz im Regal zurückstellte, dann zum Aufzug und nach unten und nach draußen.

—

Auf dem Weg zurück zum Laden überlegte ich mir, wen ich bitten könnte, mich zu vertreten, aber mir fiel niemand ein, dem ich genügend Vertrauen entgegenbrachte. Ich war erst seit knapp zwei Jahren hier, hatte den Laden von einem Aussteiger, der jetzt auf Gomera lebte, übernommen und, außer flüchtigen Bekanntschaften wie der von letzter Nacht, noch keine Freunde gefunden. Wenn ich so blieb wie ich war, nämlich immer noch schüchtern und hochnäsig, dann würde ich auch keine mehr finden. Ich hatte eigentlich schon das Alter, in dem man zurück in die Heimatstadt zieht und sich als Lokalreporter oder Heilpraktiker neu erfindet – jedenfalls wenn man, wie ich, nichts zustande gebracht hat draußen in der richtigen Welt. Oder man steigt in den Betrieb der Eltern ein, um ihn alsbald zu übernehmen.

Das hatte schon mein Bruder getan, der meinen Vater zwar nicht leiden konnte, aber pragmatisch und diszipliniert seine Zeit als Juniorchef des familieneigenen Taxiunternehmens abriss und darauf wartete, dass sich der Alte endlich in die Rente verabschiedete. Das war nicht meine Welt. Einmal im Jahr zu Weihnachten, mehr nicht. Diese Besuche waren schon Mühsal genug – kaum auszuhalten, was bei uns zu Hause den Tag über geredet wurde: Der falsche Umgang der Nachbarn rechts mit ihrem Garten, der falsche Umgang der Nachbarn links mit ihren halbwüchsigen Kindern (meine Mutter), der falsche Umgang des Staates mit Unternehmern, Steuergeldern und den neuen Bundesländern (mein Vater), der falsche Umgang unserer Mitarbeiter mit den Wagen oder Fahrgästen (mein Bruder) – es ging nur darum, dass andere alles falsch machten, und daraus folgte dann unausgesprochen, dass wir alles richtig machten oder richtig machen würden. Wenn man uns nur ließe.

Dass ich ein Versager war, wurde netterweise nicht thematisiert, jedenfalls nicht, wenn ich dabei war. Das blieb den Nachbarn vorbehalten – die konnten sich das Maul zerreißen über die falsche Erziehung, die meine Eltern mir hatten angedeihen lassen.

In dieser Familie hatte ich meine Hochnäsigkeit erworben, und dort, bei meinen seltenen Besuchen, brauchte ich sie auch am dringendsten – sie rettete mich über die Tage, ließ mich, einsam aber irgendwie dennoch großartig, das Zusammensein mit meinen Leuten ertragen, so wie ich es als Kind schon geübt hatte. Da war ich ein Prinz gewesen, den man in der Klinik verwechselt und der falschen Mama ins Bett gelegt hatte.

Ich würde den Laden einfach zumachen. Ich suchte mir ein paar Bücher für unterwegs aus, malte ein Schild, *Betriebsferien bis Mitte Juli*, stellte es ins Fenster, ging raus und drehte den Schlüssel um.

———

Die Vermieterin wohnte im selben Haus, ich sagte ihr Bescheid, dass ich zwei Wochen schließen würde, gab ihr meine Handynummer und beeilte mich, um zwei Straßen weiter zur Sandwichbude zu kommen und endlich was zu essen. Diese Brötchenernährung durfte auch nicht ewig so weitergehen, aber ich brauchte sofortige Abhilfe gegen den stetigen Schwindel, der mir die Glieder unzuverlässig machte, seit ich zu viel Chianti in mich hineingeschüttet hatte.

Ich fand meinen Weg nach Hause, ohne das Gefühl durch den Asphalt zu waten, und packte dort alles, was gewaschen war, in meine Reisetasche, einen dünnen Regenmantel dazu, die Bücher obendrauf – Waschzeug würde noch passen, das bessere Jackett nahm ich aus dem Schrank und hängte es an den Haken im Flur.

Dann rief ich Herrn Faller an, der sich mit zwar nicht schwerer Zunge, aber doch merklicher Konzentration auf die Konsonanten meldete, ich sagte, ich sei bereit und könne morgen früh schon los.

»Okay«, sagte er, »dann sehen wir uns gegen zehn Uhr bei mir.«

Zehnuhrbeimir klang dann doch wie ein einziges Wort, und es klang nicht wie wirklich ausgesprochen, eher war es irgendwie an seinen Stimmbändern und Zähnen vorbeigerutscht. Ich nahm an, dass er die nächste oder gar übernächste Flasche schon geleert und es nicht mehr weit bis zum Bett hatte.

Ich selbst war leider hellwach und aufgeregt – so einfach mir nichts dir nichts auf eine Reise entführt zu werden war eine überraschende Wendung in meinem doch ziemlich öden Trott, und ich überlegte einen Augenblick lang, ob ich noch mal in die Bar beim Theater gehen sollte, in der ich gestern die Frau getroffen hatte. Vielleicht wäre sie wieder da. Dabei wusste ich schon nicht mehr, ob sie nun Irene, Ingrid, Inge oder Irmgard hieß. Nein, Irmgard sicher nicht. Dann wäre sie über sechzig. Ich könnte mit ihr Abschied feiern und mir danach einen Grund einbilden, mich auf die Rückkehr hierher zu freuen.

Ich entschied mich dagegen.

Stattdessen zappte ich durch buntes Gelärme im Fernsehen, bis ich – irgendwann nach elf – in einem Film mit Harvey Keitel hängen blieb. Und irgendwann nach zwölf, nein eher kurz vor eins, ging ich zu Bett und spürte meinem Reisefieber nach, bis die Bilder gleichzeitig rätselhaft und überdeutlich wurden – das nächste war dann der Wecker um halb acht.

—

Aus der Sprechanlage kam Fallers Stimme mit der Anweisung, im Aufzug keinen Knopf zu drücken, und als die Türen hinter mir zusammengeglitten waren, sah ich, dass es nur Knöpfe bis zur vierten Etage gab. Darüber das Schloss, in das er gestern seinen Schlüssel gesteckt hatte. War das eine Art Diebstahl- oder Überfallsicherung? Konnte man nur zu ihm hochfahren, wenn er das von oben be-werkstelligte?

Ich hatte keine Zeit, mir darüber mehr Gedan-ken zu machen, als die, dass es ein bisschen nach Filmstar, Mafiaboss oder Topagent aussah, da war ich schon angekommen, glitten die Türen wieder auseinander und stand er vor mir in derselben kur-zen ockerfarbenen Lederjacke wie gestern. Nur das Polohemd war diesmal grau und die Cordhose in einem grünlich sandigen Ton. Am Vortag hatte er eine in verblasstem Schwarz getragen.

Das fiel mir nur auf, weil ich mir selbst auf ein-mal ärmlich gekleidet vorkam in meinen Jeans mit dem besseren, aber für einen reichen Mann wohl dennoch nicht akzeptablen Jackett. Sei's drum. Vielleicht konnte ich mir unterwegs etwas Lässigeres besorgen.

»Kaffee?« Faller hielt eine Tasse mit Espresso in der Hand, aus der er im Gehen einen Schluck nahm – mit der anderen Hand winkte er mich in die Küche.

»Gern«, sagte ich.

»Ich hab's gleich.«

Er ließ mir einen Espresso in die kleine grüne Tasse tröpfeln, deutete auf die Zuckerdose – ich winkte ab – er nahm einen länglichen Briefumschlag von der Küchentheke und gab ihn mir: »Ihr Geld für die erste Woche. Ist das in Ordnung, wenn ich am Wochenanfang zahle?«

»Sehr in Ordnung«, sagte ich, »wenn Sie mir so weit vertrauen, dass ich nicht damit abhaue.«

»Mein Risiko.« Er lächelte. Und nahm den letzten Schluck, stellte die Tasse ab, ich tat es ihm nach, obwohl der Kaffee sehr heiß war, aber ich wollte nicht, dass er auf mich warten musste. Ich war jetzt ein dienstbarer Geist, der seinem Chef die Wünsche von den Augen abliest. Oder so ähnlich.

Ob er mich für mehr als das Autofahren brauchte, wusste ich nicht, das würde sich herausstellen. Ich wäre jedenfalls bereit, auch den Privatsekretär oder Tourmanager zu geben, wenn er das wollte.

Er nahm einen Koffer aus geriffeltem Metall und eine Aktentasche, die im Flur bereitstanden, legte sich einen dünnen Trenchcoat über den Arm und drückte den Knopf für den Aufzug.

»Gibt es keinen anderen Weg hier hoch?«, fragte ich.

»Nein. Die Polizei hat einen Schlüssel, die Feuerwehr und die Frau, die mir den Haushalt macht. Und ich habe hier oben eine Notleiter, die ich auf die Terrasse des nächsten Stockwerks runterlassen kann.«

»Beeindruckend«, sagte ich.

»Paranoid«, sagte er.

»Das ist ja das Beeindruckende.« Ich hatte im selben Augenblick Angst, das wäre zu frech, aber er lächelte breit und nickte.

Unten auf der Straße gab er mir den Autoschlüssel, deutete auf einen Wagen, der am Bordstein stand, und sagte: »Der hier.« Es war ein dunkelgrüner Jaguar.

Ich schloss zuerst die Türen auf, dann den Kofferraum, in dem unser Gepäck verschwand. Das letzte Mal, dass ich Auto gefahren war, lag Jahre zurück, damals hatte man noch Schlüssel in Schlössern umgedreht. Jetzt drückte man auf Knöpfe, die Verriegelungen schnappten hoch, und der Kofferraumdeckel zuckte einem entgegen. Ich versuchte, keine Miene zu verziehen, aber ich kam mir vor wie irgendwer, nicht wie ich selbst, glamourös, elitär, jedenfalls abgehoben, als ich dieses edle Auto bestieg und nach dem Griff für die Sitzverstellung suchte, während ich gleichzeitig den Duft nach Leder und das Wirbeln und Glänzen des Wurzelholzes registrierte.

Faller hatte sich neben mich gesetzt und schloss

die Beifahrertür. »Zufrieden mit dem Vehikel?«, fragte er.

»Klar«, sagte ich und hob die Schultern, als sei das selbstverständlich, als bestiege ich täglich Autos wie dieses. Ich wollte ungerührt scheinen und fügte deshalb noch hinzu: »Ich mach mir nichts aus Autos.« Das war gelogen – ich war begeistert, aber entweder wollte ich ihm den Triumph nicht gönnen, oder ich war neidisch –, irgendetwas Kleinliches und Ehrpusseliges ließ mich so tun, als nötige mir sein Besitz, dieses herrliche Auto, keine Bewunderung ab.

»Gelogen«, sagte er. »Sie finden die Karre so toll wie ich.«

»Woher wollen Sie das denn wissen?«

»Sehen Sie sich doch nur mal an, wie Ihre Hände um das Lenkrad liegen, Sie streicheln es. Ich könnte auch noch behaupten, dass Ihre Nasenflügel flattern, aber das wäre meinerseits gelogen. Dennoch: Sie mögen den Geruch, das weiß ich einfach, und wenn ich eine Taschenlampe hätte und Ihnen so nah kommen wollte, dann würde ich sicher noch erweiterte Pupillen feststellen.«

»Lassen Sie stecken«, sagte ich und konnte ein Lächeln nicht verhindern. »Sagen Sie mir lieber, wo es hingehen soll.«

»Nach Göttingen.«

Ich fuhr los.

—

Ich wollte mich nicht von ihm dabei erwischen lassen, wie ich nach den anderen Autofahrern schielte, ob sie hersahen, den Wagen bewunderten, mich bewunderten, der ihn steuerte, deshalb ließ ich meinen Blick nur hin und wieder nach links wandern, wenn wir an einer Ampel standen oder auf dem Ring im dichten Verkehr langsam fuhren. Später auf der Autobahn ließ ich die Katze fauchen, gab Gas und versuchte nicht mehr, meine Freude an den fast unmerklichen Gangwechseln, dem soignierten Murren des Motors und der satten Straßenlage zu verbergen. Als ich irgendwann einen Blick zur Seite auf Faller wagte, lächelte der mich an, als habe er nur darauf gewartet, und sagte: »Er ist klasse, das dürfen Sie ruhig zugeben.«

»Haben Sie noch einen zweiten für die Werkstatt?«, fragte ich.

»Der Mythos ist veraltet«, sagte er, »früher war das so, heute taugen sie was.«

Ich konzentrierte mich darauf, vier Lastwagen zu überholen, sah mit einem Blick auf den Tacho, dass ich hundertsiebzig fuhr, und einem zweiten in den Rückspiegel, dass ich links bleiben konnte, weil da nichts war, das in der nächsten Zeit zu mir aufschließen würde.

Zu meinem Selbstbild passte es nicht, von einem Auto begeistert zu sein, das war spießig und konservativ, etwas für Leute wie meine Eltern oder meinen Bruder, für Landeier – ich hatte die Vorstellung noch nicht aufgegeben, ein Intellektueller zu sein, was auch immer das genau wäre, und als solcher steht man über der Verehrung schnöden Blechs, man verachtet den Konsum, die Äußerlichkeiten, was auch immer damit jeweils gemeint sein mag, und schaut ironisch herab auf die Massen und ihre Gier nach immer mehr – man ist was Besseres. Jetzt, in diesem Wagen, war ich nichts Besseres mehr, nicht diese Sorte jedenfalls, denn ich wollte am liebsten jauchzen und schrille Pfiffe ausstoßen, so sehr genoss ich das Gefühl von Macht und Souveränität, das mir dieses Auto verlieh.

»Sind Sie ein Leser?«, fragte er nach einiger Zeit, in der ich nur die Straße beachtet und auf das Kreuz Leverkusen gewartet hatte – gerade fädelte ich mich in die rechte Spur ein, um auf die A1 nach Dortmund abzubiegen.

»Ja. Im Laden, wenn die Kundschaft fehlt. Also fast immer«, sagte ich.

»Läuft demnach nicht besonders.«

»Nein. Leider. Aber grad so, dass ich davon leben kann«, sagte ich, und hatte gleich das Gefühl, diese Antwort hätte etwas Mitleidheischendes, könnte von ihm so verstanden werden, als solle er bei meinem Honorar noch was drauflegen, deshalb fügte ich noch an: »Allerdings wird's besser. Am Anfang war der Laden toter als tot, jetzt läuft er langsam an.«

»Ist das Ihr Traumberuf?«

»Nein. Ich bin reingerutscht. Wie vorher schon in andere Jobs. Gefällt mir aber. Ich könnte dabeibleiben.«

»Haben Sie mal *Der menschliche Makel* von Philip Roth gelesen?«

»Ja.«

»Das ist meine Geschichte.«

»Sie sind ein weißer Neger, der sich als Jude durchmogelt?«

Er lachte laut, es tat mir in den Ohren weh: »Nein, das nicht. Aber ich habe mich auch als Fälschung auf meine Umwelt losgelassen, weil ich geerbt hatte und niemand das wissen sollte. Ich habe meinen Kommilitonen und Freunden den ganz normalen BAföG-Studenten vorgespielt, während ich im eigenen Haus wohnte und ein nicht ganz kleines Vermögen verwaltete. Ich habe sie alle angelogen. Alle.«

»Weil es uncool war, reich zu sein?«

»Ja.«

»Und weil Sie dachten, keiner mag Sie mehr, oder Sie trauen keinem mehr, wenn's auffliegt.«

»Ja.«

»Was haben Sie studiert?«

»Architektur. Ich wollte berühmt werden.«

»Und warum sind Sie's nicht?«

»Ich habe abgebrochen. Mir wurde irgendwann klar, dass mit dem geerbten Vermögen auch eine Verantwortung verbunden war, also hörte ich ein paar Vorlesungen Betriebswirtschaft, las die entsprechenden Bücher und machte zwei Praktika. Eins bei einer Bank und eins in einer großen Baufirma. Dann habe ich mich um meinen Betrieb gekümmert. Von ihm hingen meine Mutter, meine Tante und die zweite Familie meines Vaters ab.«

»Tut's Ihnen leid?«

»Nein.«

»Was für ein Betrieb?«

»Ein kleines Immobilienimperium. Damals waren es vierzehn Mietshäuser und ein größerer Komplex mit Läden und Büros.«

Ein Miethai, dachte ich, während wir an Hagen vorbeizogen. Inzwischen war dichter Verkehr, und ich konnte nicht mehr so lustvoll fliegen, ließ mich hin und wieder sogar ausbremsen und hinter einen Bus oder Lastwagen klemmen, nur weil ich es nicht mochte, wenn mir einer an der hinteren Stoßstange klebte. Dennoch genoss ich es, zu fahren – ich hatte das schon lang nicht mehr getan.

»Miethai«, sagte er.

»Was meinen Sie damit?«

»Sie haben eben gedacht, aha, ein Miethai. Ein Unsympath. Ein Ausbeuter. Haben Sie, oder haben Sie nicht?«

Vielleicht wurde ich rot. Keine Ahnung. Ich konnte jetzt nicht in den Innenspiegel schauen, um das nachzuprüfen.

»Quatsch«, sagte ich.

—

Wir waren längst auf der A 44 Richtung Paderborn und Kassel, als ich mich endlich dazu aufraffte, das Schweigen wieder zu brechen. Mein Ärger über seine Hellseherei war einem leichten Schamgefühl gewichen – er hatte ja recht, aber ich wollte mich auch nicht so ausgeliefert fühlen, er sollte nicht über den Inhalt meines Kopfes verfügen, der ging ihn nichts an.

Mir schien sein Schweigen eher entspannt und geduldig, ich hatte nicht den Eindruck, dass er in düstere Grübelei verfallen war, aber meines fühlte sich nicht gerade angenehm an. Es war verstockt und mürrisch. Ich ertrug es nicht, dass er mich ertappt hatte.

»Haben Sie den Kurs in Gedankenlesen auch an der Uni belegt?«, fragte ich so leichthin wie möglich.

»Das ist nicht Gedankenlesen, das ist nur Plattitüden kennen«, sagte er.

Sein Lächeln war nicht triumphierend oder rechthaberisch, wie ich mit einem kurzen Blick zur Seite feststellte, also konnte ich mich wieder entspannen – die peinliche Situation war vorbei.

»Klischees helfen beim Sortieren«, sagte ich.

»Das täuscht auch hin und wieder.«

»Ist es Ihnen denn wichtig, dass ich Sie nicht für einen Unsympathen halte?«

»Für diese Fahrt wär mir das schon recht«, sagte er, »aber darum geht's nicht in erster Linie. Es geht eher darum, ob Sie was lernen wollen. Das müssen Sie nicht, aber Sie könnten.«

»Und Sie sind der Lehrer?«

»Eher der Erzähler. Die Schlüsse ziehen Sie selbst.«

Ich nickte. Ich glaube, ich nickte sogar mehrmals

wie ein Ami, der das für Kommunikation hält, als überlege ich noch, ob ich wirklich zustimmen sollte: »Wenn Sie vielleicht netterweise jede zweite Plattitüde, die ich aus Versehen denke, nicht festnageln oder mir um die Ohren hauen würden, das wäre hilfreich«, sagte ich.

»Von mir aus, gern«, er lachte, diesmal nicht so laut wie vorhin, »aber es ist kein schlechtes Training. Hilft beim Denken.«

»Na gut. Dann lassen Sie nur jede fünfte weg. Sonst steige ich zehn Zentimeter kleiner aus dem Wagen, als ich eingestiegen bin.«

»Metapher«, sagte er. »Gut.«

»Haben Sie auch noch ein bisschen Germanistik gehört?«

»Nein. Das Wort kam in der Schule.«

Er hatte Lust zu reden, das merkte ich jetzt. Wie jemand, der zu lange allein war, im Krankenhaus, im Knast oder auf Reisen, schien er seinen Kopf leeren zu wollen, in dem sich zu viel Gedachtes angesammelt hatte. Vielleicht ist er einsam, dachte ich noch, aber dagegen sprach sein freundliches und offenbar spontanes Wesen. Er hatte mich einfach angesprochen, mir zuerst die Bibliothek, dann diesen Job angeboten, er war nicht gerade ein Kommunikationskrüppel oder jemand, dem es schwerfiel, sich mitzuteilen. Oder war er einer von denen, die andauernd reden müssen? Das wäre weniger angenehm, schließlich war ich durch seinen Satz: »Sie scheinen mir jemand zu sein, mit dem man plaudern kann und auch schweigen, wenn's passt«, in

Sicherheit gewiegt worden und hatte nicht erwartet, einen manischen Quassler zu begleiten.

Ich versuchte, meine Ohren nicht auf Durchzug zu schalten, so wie ich es automatisch bei Leuten tue, die ihre eigenen Handlungen untertiteln und Sätze sagen wie: »So, jetzt hol ich erst mal den Geldbeutel raus, und dann sehn wir schon, ob's reicht.« Ich neige selbst dazu, wenn ich an meinem vorsintflutlichen Computer herumwerkle, aber dann bin ich alleine und gehe allenfalls mir selbst auf die Nerven.

Ob ich den Film *Die fetten Jahre sind vorbei* gesehen hätte, fragte er, und ich verneinte. An den Titel jedenfalls konnte ich mich nicht erinnern. Er umriss den Inhalt: Drei überhebliche junge Leute, die sich irgendwie revolutionär vorkommen, entführen einen reichen Mann, der sie dabei überrascht hat, wie sie sein Haus vandalisierten. Dieser reiche Mann gerät in eine nostalgische Zeitschleife, erinnert sich an seine eigene Studentenzeit, in der er ebenso aufständisch empfunden hat, und solidarisiert sich mit seinen Entführern, während er sie gleichzeitig unterwandert. Am Ende verpfeift er sie, aber die Polizei kommt zu spät, und sie sprengen als nächste revolutionäre Aktion den Funkmast einer Telefongesellschaft. Das solle alles irgendwie rührend und launig sein, sagte Faller, und das sei es sogar, denn die Schauspieler spielten sehr sympathisch, aber der Film sei feige und verlogen und habe ihn erschreckt.

»Wieso?«, fragte ich.

Faller dachte einen Moment nach, bevor er mit

einem Nachdruck, in dem hörbar Ärger mitschwang, erklärte, der Film tue so, als seien diese jungen Plattköpfe irgendwie diffus im Recht, als sei Reichtum etwas der Gesellschaft Gestohlenes, als müsse sich einer, der gut verdient, dafür schämen, weil sein Geld jemand anderem fehle. Dabei würde andersherum ein Schuh draus: Die Steuern, die ein reicher Mensch abführe, ermöglichten erst das Studium dieser jungen Schnösel. Von diesem Geld sei schon ihre Schule gebaut worden, ihr Kindergeld bezahlt, ihre Bücherei, der Omnibus oder die Straßenbahn – alles: Sozialhilfe, Krankenhaus, Polizei, Gericht, Verwaltung, die ganzen Gemeinschaftsgüter würden aus Steuern bezahlt, und niemand mache sich mehr Gedanken darüber, wer diese Steuern erwirtschafte.

»Na ja«, sagte ich, und wollte eigentlich noch mehr loswerden, aber er hatte wieder einen dieser Gedankenlese-Anfälle und unterbrach mich: »Ich weiß schon, was Sie sagen wollen. Der sogenannte Sozialneid wird immer von den Reichen beklagt, damit müssen die halt leben. Sie haben ja recht, aber das trifft es nur zum Teil. Politiker, Medien, alle, die das Maul aufreißen, benutzen diesen Sozialneid, sie befördern ihn und schüren ihn, anstatt ihm entgegenzutreten. Niemand gibt sich mehr Mühe zu erklären, wie die Maschine läuft. Niemand sagt mehr, dass unser Gemeinwesen von den Verdienenden getragen wird, nur die liefern was ab und halten den Laden in Schuss. Stattdessen gefallen sich alle in diesem miefigen, dummen Hass.«

»Verletzt Sie das?«, fragte ich.

»Dummerweise ja«, sagte er, »ich weiß wohl, dass das blöd ist, aber ich bin ein Mensch, nicht mal ein irgendwie böser oder unangenehmer, im Gegenteil, ich bin ein hilfreicher, ich drücke viel Steuern ab, ich ermögliche vielen anderen Menschen den Zugang zu Gemeinschaftsbesitz, den sie anders nicht bekämen, es ist zum Kotzen, dafür noch als Dieb hingestellt zu werden.«

Ich schwieg. Ich wollte jetzt nicht davon anfangen, dass man sich doch arm rechnen könne, sich der Steuer mit allen möglichen Tricks entziehen, ich wollte nicht fragen, warum er nicht auswandere, in die Schweiz oder sonst irgendein Steuerparadies, ich rechnete damit, wieder als Plattitüdendenker abgefertigt zu werden.

»Ich will nicht gelobt werden dafür, dass ich Glück habe und was abgeben kann«, sagte er, »ich will nur nicht als Abschaum hingestellt werden und dem Hass dummer Leute anempfohlen. Das ist alles.«

»Dabei hab ich das Wort nicht mal ausgesprochen«, sagte ich.

»Welches Wort, Miethai?«

»Ja. Ich hab's nur gedacht.«

»Ich bin ja nicht sauer auf Sie«, sagte er, »ich bin sauer, dass die Dummheit siegt. Und ich würde gern was trinken und das Gegenteil. Wenn Sie einen Rasthof sehen, könnten wir mal raus.«

—

Vielleicht war ich eingeschüchtert von der Emphase, mit der er sein Plädoyer für sich und seinesgleichen gehalten hatte, vielleicht horchte er auch, erschrocken über den Gefühlsausbruch, seiner eigenen Rede hinterher – wir schwiegen jedenfalls, bis endlich eine Tankstelle in Sicht kam.

»Haben Sie Hunger?«, fragte er, als wir die Türen zuschlugen.

»Nein«, sagte ich, »gut gefrühstückt.« Das stimmte nicht, ich hatte überhaupt nicht gefrühstückt, aber mir gefiel der Gedanke nicht, dass er in den nächsten Tagen alles für mich bezahlen würde – als wäre ich sein Sohn, ein Stricher, sein Lakai, irgendetwas daran war beschämend, und ich wollte den Moment noch hinausschieben.

»Durst?«

»Nein, ich warte hier draußen, wenn das okay ist.«

Es klang ein bisschen nach Ärger oder Ungeduld, zumindest aber zweifelnd, als er fragte: »Aber eine Chauffeuruniform wollen Sie nicht, oder?«

»Wieso das denn?«

»Ich kann mich täuschen, aber es wirkt ein bisschen so, als bräuchten Sie schon eine Pause von mir. Bin ich so lästig?«

»Einen Kaffee könnte ich vertragen.«

Ich ärgerte mich über meine eigene Nachgiebigkeit, aber ich wusste gleichzeitig, der Widerstand war dumm – ob er jetzt oder später für mich bezahlen würde, irgendwann würde er –, ich konnte dem nicht ausweichen, ohne die Regeln anzusprechen. Und darauf hatte ich erst recht keine Lust.

Ich bestellte Cappuccino, er Espresso, und während ich wartete, verschwand er in die Selbstbedienungsabteilung und kam mit einem Tablett zurück, auf dem zwei Schälchen mit Obst und zwei Croissants lagen. Je eins davon stellte er wortlos vor mich hin, und als ich ihn erstaunt ansah, sagte er mit einem kleinen Schulterzucken: »Dekoration. Nicht zum Essen. Nur für die Optik.«

Ich konnte nicht anders, ich musste lächeln und nahm das Croissant. Es schmeckte besser als der Cappuccino.

»Meine Mutter wusste auch immer besser, was ich will und was mir guttut«, sagte ich, »eigentlich war ich froh, das los zu sein.«

»Ich behaupte jetzt nicht, dass es mir leid tut«, sagte er und schaufelte sich die Obststückchen in den Mund, »aber bei Ihnen ist das Gedankenlesen wirklich leicht.«

»Ach, was hab ich denn diesmal gedacht?«

»Sie wollen nicht wie der Tramper dastehen, der sich was spendieren lassen muss, weil er klamm ist.«

Ärger. Ich konnte es nicht verhindern. Dieser Psychoscheiß war das Letzte. Der machte sich einen Spaß daraus, mich zu durchschauen – vermutlich brachte er mich absichtlich in Situationen, in denen ich vorhersehbare Gefühle entwickeln würde, nur damit er sich aufspielen konnte mit seinem Scharfblick.

Er ließ mich in Ruhe. Er schaute nicht einmal selbstgefällig drein. Er aß und kippte seinen Espresso, dann stand er auf, als er sah, dass ich ebenfalls aufgegessen und ausgetrunken hatte.

Im Aufstehen fragte er: »Wie ist sie? Oder wie war sie?«

»Wer?«

»Ihre Mutter. Lebt sie noch?«

»Ja, sie lebt«, sagte ich, »und sie ist wie vermutlich alle Mütter. Sie kannte mich als Kind und glaubt, sie tut es immer noch, aber sie hat keine Ahnung mehr von mir. Und sie will auch nicht. Sie stellt mir nie eine Frage nach irgendwas, das mich interessiert oder für mich von Bedeutung ist.«

»Nur nach Geld, ob Sie genug verdienen«, sagte er, während er sich streckte, als habe er im Rasthof geschlafen, »und nach Frauen, ob Sie eine Freundin haben und ob die Kinder will und ob sie genug verdient.«

Ich sah ihn nur an. Nicht einmal erstaunt. Eher müde. Oder resigniert.

»Alle Mütter«, sagte er.

Wir waren beim Wagen angekommen, und er nahm ein Geldbündel aus der Hosentasche. Es war mit einer Klammer zusammengeheftet, und er zog drei Hunderter davon ab, reichte sie mir und sagte: »Spesen. Wenn es aus ist, nachtanken.«

Ich nahm das Geld, steckte es in meine Hosentasche, obwohl ich dort kein schickes Klämmerchen hatte, aber jetzt den Geldbeutel herauszunehmen und die Scheine hineinzufummeln kam einfach nicht infrage.

Ich fuhr zügig, aber entspannt. Die Geste mit den

Spesen war nett gewesen, und ich grollte ihm nicht mehr. Ohnehin war mir klar, dass ich mich daran gewöhnen musste — er würde so weitermachen —, der einzige Weg für mich wäre, damit klarzukommen und mich nicht jedes Mal wieder neu aufzuregen.

»Ist das Ihr Selbstbild?«, fragte ich nach einigen rasant gefahrenen Kilometern, »der weise Mann?«

»Eins davon. Es gibt mehrere.«

Zwei Kilometer weiter sagte er: »Lebend ankommen ist erwünscht.«

Ich ging vom Gas. Ich hatte nicht gemerkt, dass ich zweihundert fuhr.

—

Wir hatten Kassel und ein Gespräch über Philip Roth, von dem Faller alles, sogar *Portnoys Beschwerden* gelesen hatte, hinter uns, als er sagte: »Sie fahren gut. Wie ein Profi.«

Ich war einem heranrasenden Audi ausgewichen, hatte den Schwung genutzt und den Wagen in der Lücke auf der rechten Spur rollen lassen, um dann, sobald der Audi vorbeigezogen war, wieder mit wenig Gas geschmeidig nach links zu ziehen. Nicht um Benzin zu sparen — Fallers Spritkosten waren nicht mein Problem —, es war eine Frage der Eleganz: Man fährt optimal, ohne sich in angespannte Situationen zu bringen.

»Mein Vater hat ein Taxiunternehmen. Ich habe das Fahren gelernt, noch bevor ich wusste, was eine Zigarette ist oder wie ein Mädchen aussieht. Er fuhr mit mir auf dem Übungsplatz, als ich fünf war.«

»Mögen Sie ihn?«

»Ja.«

»Bewundern Sie ihn?«

»Nein.«

»Ich habe meinen bewundert«, sagte er, »und verachtet.«

»Interessanter Spagat.«

Ein Patriarch der alten Art sei er gewesen, erzählte Faller, einer der für alle ihm Anvertrauten gesorgt habe, aber dafür hätten die auch seine Dominanz, seine Ungeduld und seinen Jähzorn ertragen müssen, sich tagein, tagaus von ihm belehren und zurechtweisen lassen, Ohrfeigen und Gebrüll ertragen und sich allenfalls zaghaft widersetzt. Die ganze Familie sei eine Schafherde gewesen, vom Leithammel fasziniert und beherrscht und ohne jedes Selbstbewusstsein. Und dadurch ohne Selbstachtung.

»Ich habe ihn verachtet für das, was er aus uns gemacht hat«, sagte Faller, »er war sich sicher, uns zu lieben, dabei hat er Feiglinge und verängstigte Untertanen aus uns gemacht. Das tut man nicht mit Menschen, die man liebt. Man lässt sie wachsen. Man hält sie nicht klein.«

»Haben Sie Geschwister?«, fragte ich, nachdem er einige Zeit geschwiegen hatte, weil ich fürchtete, er könne sich in düstere Stimmung manövriert haben und brauche einen Schubs, um daraus aufzutauchen.

»Ich hatte einen leiblichen Bruder, älter als ich, der bei einem Unfall starb, jetzt habe ich noch einen ziemlich viel jüngeren Halbbruder. Aus der zweiten Ehe.«

»Haben Sie Kontakt? Mögen Sie ihn?«

»Nicht mehr. Er hat mir nie vertraut, als ich die Firma führte. Immer musste ich ihn umständlich mit Belegen und Erklärungen davon überzeugen, dass ich nicht in meine eigene Tasche wirtschafte, ihn nicht übervorteile und bestehle, das war mir so zuwider, dass ich den Besitz irgendwann trennte, sodass er seinen Teil mit Schmackes an die Wand fahren konnte. Jetzt unterstütze ich seine Mutter mit einem monatlichen Betrag, und er kann mich am Arsch lecken.«

»Dann sind Sie auch ein Patriarch geworden.«

»Kein solcher. Wenn ich Kinder gehabt hätte, dann wären die nicht in Angst vor mir erstarrt. Sie wären gewachsen und hätten sich zu mutigen Menschen entwickelt.«

Das klang nun so traurig, dass ich meinte, ihn erst recht aus seiner Stimmung herauslotsen zu müssen. Offenbar hatte er sich Kinder gewünscht und keine bekommen. Vielleicht hatte er an ihnen gutmachen wollen, was an ihm selbst verdorben worden war.

»Und was haben Sie an Ihrem Vater bewundert?«

»Seine Treue. Und seinen Verstand.«

—

Wir waren in Göttingen angekommen, und er lotste mich zu einem Hotel, dessen Eleganz mich blendete. Ich war eingeschüchtert und hatte auf einmal nichts dagegen, für seinen Sohn oder Lakai gehalten zu werden – es war mir recht, dass er die Zimmer buchte und seine Kreditkarte für die Rechnung hinterlegte. Ich hätte das Gefühl gehabt, hier nicht zugelassen zu sein.

Die Hotels, in denen ich bisher verkehrt hatte, waren stets nach dem Preis ausgesucht worden – nach der Schönheit oder dem Komfort zu gehen hatte ich mir nie leisten können. Das war für andere. Für Reiche.

Faller lächelte, als er den Blick sah, mit dem ich die ledernen Sitzmöbel in der Lobby streifte, das polierte Messing an der Rezeption und am Fahrstuhl, die ganze behagliche Dunkelheit der Hölzer und Stoffe.

»Gefällt es Ihnen?«

»Ja«, sagte ich, »es ist toll.«

Er habe zu tun, sagte er, den ganzen Nachmittag über, ich könne schwimmen – es gebe einen Pool im Hotel – oder in die Stadt gehen, er brauche mich nicht. Die Termine, die er nicht zu Fuß erledigen könne, wolle er mit dem Taxi machen.

Wir verabredeten uns für sieben Uhr abends, und ich ging auf mein Zimmer. Warme Farben, schöne Stoffe, ein Schreibtisch, eine Sitzecke – so muss man reisen, dachte ich, aber ich hatte keine Ruhe, ich wollte raus. Ich war noch nie in Göttingen gewesen und wollte etwas von der Stadt sehen. Und wenn es nur die Fußgängerzone war. Der Hotelpool lockte mich nicht – ich schwamm zwar gern, aber ich fror zu schnell. Schon als Kind hatte ich nach wenigen Minuten blaue Lippen gehabt.

—

Wenn man nicht Vertreter oder Kleinkünstler ist, lernt man die Städte des eigenen Landes nicht kennen. Ein Konzert, Verwandtenbesuch, Freundin oder Studium sind so ziemlich die einzigen Gründe, aus denen man einen Ort besucht, den man nicht bewohnt. Ich war schon mal in Nürnberg gewesen, selbstverständlich in Berlin, kannte München und Hamburg flüchtig, Bonn kannte ich besser, denn dort hatte ich studiert – der Rest der Landkarte war für mich buntes Papier.

Göttingen hatte sich bisher als Stadt der Physiker und Mathematiker und vor allem Stadt Lichtenbergs in meiner Vorstellung vage mit Fachwerk, Bratenrock und Talaren verbunden – das Fachwerk war da, natürlich, aber die würdevolle Stille, durch die ich gemessenen Schrittes zu wandeln gedacht hatte, gab es ebenso wenig wie die tief dunklen Schlagschatten, die ich auf irgendwelchen Fotos gesehen haben musste. Und Göttingen war farbig. Meine Erwartungen waren schwarz-weiß gewesen.

Ein wenig verzerrt und ungenau war es auch, weil ich die Brille wieder aufgesetzt hatte – der

Optiker hatte mich beschworen, nicht aufzugeben – zwei Wochen müsse ich durchhalten, dann, das garantiere er mir, würde ich vergessen haben, dass ich überhaupt eine Brille trug.

Handyladen, Reisebüro, Bäckereifiliale, Café, Blumenladen, Handy- und wieder Handyladen, Mode, Bäckereifiliale, Schuhe, Mode, Spielzeug, Copyshop und Tchibo, Starbucks-Verschnitt, wieder Mode, dann endlich eine Buchhandlung, deren Wühltisch auf der Straße ich sofort durchstöberte – ich wurde fündig, ein Taschenbuch von Petra Morsbach, *Geschichte mit Pferden*, das ich für Kati kaufte. Diese alte Stadt gab sich fröhlich dem Sommer und der Mittagspause hin, falls die jetzt, kurz vor zwei, nicht schon vorbei war, und ich tat dasselbe, kaufte mir einen Cappuccino im Pappbecher und schlenderte zwischen den Leuten, die es alle nicht eilig zu haben schienen, durch die Straßen, ohne mich von irgendetwas einfangen oder gar festhalten zu lassen. Bis ich auf die nächste Buchhandlung, diesmal ein Antiquariat, stieß.

Irgendwann später aß ich ein Sandwich an einem großen Platz, wurde müde und ging zum Hotel zurück, um mein hübsches Zimmer zu genießen.

Ich sollte was von Lichtenberg lesen, dachte ich, im Studium war das eine der Entdeckungen gewesen – die luzide Boshaftigkeit dieses einsamen Gnoms hatte sich so wohltuend von anderer Pflichtlektüre wie Oswald von Wolkenstein, Grabbe oder Büchner unterschieden, aber ich legte mich aufs Bett und begann die *Geschichte mit Pferden*. Irgendwann schlief ich ein und erwachte erst von späten, sehr schräg ins Zimmer fallenden Sonnenstrahlen. Es war nach sechs.

Ich ging wieder raus und schlenderte durch die Altstadt. Diesmal war die Stimmung anders, die Passanten schienen mir weniger studentisch, eher berufstätig, und eiliger, zielstrebiger, als gälte es, irgendwas noch beizeiten zu erledigen – hatten die hier etwa noch Ladenschluss vor sieben? Oder hat man als Angestellter nach Dienstschluss, in der eigenen, unbezahlten Zeit, ein anderes Tempo.

—

Faller schien sich auszukennen, er führte mich durch Nebenstraßen, kleine Gassen, in denen sich nur Läden für gebrauchte Handys, Haustierbedarf oder chemische Reinigungen und die eine oder andere Döner-Bude hielten, zu einem Gartenrestaurant, in dem Kellner mit Schürzen bedienten.

Er bat mich, einen freien Tisch zu besetzen, es werde voll hier an einem Sommerabend wie diesem, er wolle noch telefonieren, dauere nicht lange, müsse aber leider sein. Er nahm sein Handy aus der Tasche, wählte und ging, ohne Blick für seine Umgebung, den Weg, den wir gekommen waren, ein Stück zurück. Ich sah ihn an einer Hauswand lehnen und seine Worte mit gelegentlichen Gesten unterstreichen.

Ich bat den Kellner, der überraschend schnell an meinem Tisch erschienen war, noch zu warten, gleich komme noch jemand, dem ich die Bestellung, vor allem des Weins, überlassen wolle.

Ich sah mich um.

An die zwanzig Tische, nur zwei davon noch frei, das Publikum mittelalt, nicht studentisch, eher waren es die Assistenten und Professoren, Geschäftsleute oder Honoratioren, die hier verkehrten. Und zwei sehr schöne Frauen. Einige hübsch, einige normal, alle in offenbar heiterer Stimmung – man hätte sich in einem Bild von Liebermann glauben können, wären nicht Kleidung und Haarschnitte so eindeutig einundzwanzigstes Jahrhundert gewesen.

»Das Essen ist nicht riesig gut hier, aber ich will nachher eine Zigarre rauchen«, sagte Faller und setzte sich, »ich hoffe, das geht in Ordnung für Sie.«

»Ich bin nicht verwöhnt.«

»Dafür haben sie vernünftigen Wein. Trinken Sie einen roten mit?«

»Gern«, sagte ich. Darauf war ich ohnehin eingestellt gewesen. So wie er gestern Abend hingelangt hatte, rechnete ich mit einem gradlinigen Besäufnis. Vielleicht würde ich ihn auf dem Heimweg sogar stützen müssen.

»War's ein gutes Tagwerk?«, fragte ich, als wir bestellt hatten – er Sauerbraten, ich Fisch, obwohl das nach landläufiger Vorstellung nicht zum Rotwein, einem Brunello, passen würde. Mir egal. Ich trage auch braune Schuhe nach sieben Uhr. Regeln dieser Art machen mir kein Kopfzerbrechen.

»Ja. Ein bisschen anstrengend, aber ganz gut«, sagte er und sah sich im Garten um, »morgen Vormittag muss ich noch mal ran, und gegen Mittag können wir los.«

Ich war seinem beiläufigen Blick in die Runde gefolgt: Am Nachbartisch und ein Stück weiter weg hatte er sofort die schönen Frauen entdeckt. Sie waren beide in Begleitung, aber sie schienen auf Fallers offenbar anerkennenden Blick zu reagieren − die am Nachbartisch warf ihre Haare nach hinten, die andere zündete sich eine Zigarette an und lachte laut, als habe ihr Begleiter sie mit einem grandiosen Witz überrascht. Der schaute verblüfft − er schien bis dahin nichts von seinem Humor gewusst zu haben.

Es war unheimlich. Ich hatte zufällig genau im richtigen Moment hingesehen und genoss ein Schauspiel, das mir sonst nicht geboten worden wäre: Diese Frauen waren auf einmal in Bewegung, sie setzten sich anders hin, wandten ihr Profil in Fallers Richtung und schienen ein inneres Licht angeknipst zu haben.

Ich bemühte mich unauffällig, beide im Blick zu behalten, und vergaß darüber, Faller weiter nach dem zu fragen, was er hier zu tun gehabt hatte.

Die am Nachbartisch, dunkelhaarig mit ausgeprägten Wangenknochen und einem weißen, mit bunten Früchten bedruckten Sommerkleid, hatte es auch mir angetan. Leider saß sie so nah, dass ich sie nicht direkt ansehen konnte − jetzt nicht mehr, da sie auf Faller und damit auch mich aufmerksam geworden war. Sie erinnerte mich an Agnes, eine Jugendliebe, deren Spur ich irgendwann verloren hatte, nachdem sie nach Südfrankreich gezogen und, ein paar immer kühler werdende Briefe später, dort verschollen war.

Was hatte diese Frauen dazu gebracht, sich Fallers Interesse so unwillkürlich auszuliefern? Sahen sie ihm sein Geld an? Wohl kaum – eine Cordhose, eine Lederjacke, ein Polohemd und bequeme Mokassins – so konnte sich jeder anziehen. Er trug eine flache, sehr dezente goldene Uhr, deren Marke nicht mal ich erkennen konnte, keine Rolex oder sonst etwas Protzig-Markantes. Sah er gut aus? Das war zumindest mir nicht aufgefallen. Allerdings schaue ich mir Männer nicht im Hinblick auf ihr Aussehen an.

Ich konnte ihn jetzt nicht mustern, also rief ich mir seine Erscheinung in Erinnerung, während ich dem Kellner zusah, wie er uns Gläser hinstellte, die Flasche öffnete, Faller probieren ließ und einschenkte: Gedrungen, nicht viel größer als eins siebzig, sehr kurz geschnittenes graues Haar, scharfkantige Nase, blaue Augen und der Körperbau eines tätigen Menschen. Kein Bauch, weder blass noch besonders braun, insgesamt keine zarte, eher eine bullige Gestalt. Oder lag es an der Art, wie er sie angesehen hatte? Anerkennend, aber nicht zudringlich? Ohne Herablassung? Ohne sie zu taxieren? Schade, das war nun nicht mehr herauszufinden. Vielleicht konnte ich ein andermal rechtzeitig schalten und seinen Blick mitbekommen.

Er sah mich an. Als ich aufblickte, lief ich sozusagen direkt in seine Augen.

»Was ist«, fragte ich, »gibt's wieder Gedanken zu lesen?«

»Sie denken über die Schönheiten nach, in deren Nachbarschaft wir den Augenblick genießen.«

»Das war jetzt keine Spitzenleistung«, sagte ich, »Sie sehen, wohin ich schaue.«

»Ich war ja auch noch nicht fertig.«

Ich sah ihn nur erwartungsvoll an. Er hob sein Glas und nahm einen Schluck, schien ihn zu würdigen, denn in der Art, wie er das Glas wieder abstellte, lag Behutsamkeit, so als wolle er das kostbare Gut nicht erschüttern. »Irgendwas an diesem Anblick tut weh«, sagte er.

Ich schwieg. Ich sah nicht einmal auf. Als hätte ich geahnt, dass er mich wieder mittenrein treffen würde, hatte ich, noch während er sprach, die Augen niedergeschlagen und starrte die grob gezimmerte Tischplatte an. Die Erinnerung an Agnes war mir tatsächlich wie ein Gift in den Magen geschossen. Sie war im Lauf der Jahre eine Art Ideal für mich geworden – die Frau, an der sich alle anderen seither messen lassen mussten und gescheitert waren.

»Trinken wir«, sagte er, »ich will Ihnen nicht auf die Pelle rücken. Mir gefällt das als Spiel, aber wenn es für Sie keins ist, dann winken Sie ruhig ab. Tut mir leid, wenn ich Ihnen damit auf die Nerven gegangen bin.«

Ich nahm ebenfalls mein Glas und stieß mit ihm an. Dann trank ich einen Schluck, lobte den Wein und trank gleich noch einen Schluck, weil der zweite sich im Kielwasser des ersten ausbreiten und entfalten konnte. Er war wirklich gut.

Unser Essen wurde gebracht.

»Was würden Sie jetzt, in diesem Moment, am liebsten tun?«, fragte er, während der Kellner uns vorlegte, und ich antwortete, ohne nachdenken zu müssen: »Hier sitzen, Essen serviert kriegen und diesen schönen Wein genießen.«

Er lächelte. »Ich bin stolz auf Sie. So muss man leben.«

»Manchmal gelingt es ja«, sagte ich. »Direkt auf Platz zwei steht übrigens Ihre tolle Bibliothek. Wenn ich die schon nicht erobern kann, würde ich sie wenigstens gern in Ruhe studieren, jedes Buch einmal in der Hand halten, in einem blättern, mich im anderen festlesen. Das ist ein echter Schatz, den Sie da zusammengebracht haben.«

»Nicht zum Angeben übrigens«, sagte er, »falls Sie das denken.«

»Das denke ich nicht.«

»Das ist nett. Danke.«

»Gern geschehen.«

»Und warum nicht? Läg's nicht nahe, bei einem wie mir Repräsentationsgelüste zu vermuten?«

»Für mich nicht«, sagte ich und hatte schon wieder das Gefühl, auf Glatteis zu geraten. Irgendwas hatte dieser Mann an sich, dass ich mir examiniert, ausgespäht, zumindest viel zu aufmerksam beobachtet vorkam. »Ich falle nicht auf alle Plattitüden rein, nur auf etwa neunzig Prozent.«

»Verraten Sie mir, wieso?«

»Weil Sie sagten, Sie wollten ein Leser werden. Niemand, der nach Rückenansicht und Regalmeter kauft, würde so etwas sagen.«

Er schwieg. Vielleicht hatte ich es sogar geschafft, zur Abwechslung auch mal ihn zu verblüffen. Ein kleines Triumphgefühl flatterte irgendwo in mir herum, und da ich schon mal dran war, redete ich weiter:

»Eins ist mir nicht klar: Warum haben Sie nicht erst mal Taschenbücher gekauft, um auszuprobieren, ob die Leidenschaft auch wirklich einsetzt, und sich dann nach und nach aufs Veredeln verlegt? Warum all diese kostbaren Erstausgaben, Hardcover und Preziosen?«

»Es fing ganz klein an«, sagte er und sortierte mit seiner Gabel das Essen auf dem Teller, als habe er vergessen, dass er es eigentlich in den Mund schieben wollte. »Am Anfang war ich auf der Suche nach dem Lieblingskinderbuch meiner Frau, *Fridolin der freche Dachs*, so kam ich an die Antiquariate. Immer wenn ich unterwegs war, suchte ich, sammelte die Visitenkarten, hielt telefonisch Kontakt, und als ich es schließlich tatsächlich erobert hatte, waren auf dem Weg dorthin schon *Pu der Bär, Alice im Wunderland, Jim Knopf* und *Die kleine Lok* dazugekommen.«

Er aß ein paar Bissen, ich unterbrach ihn nicht.

»Meine Frau war begeistert und sah sich die Bücher immer wieder an. Es war für sie wohl eine tröstliche Rückreise in eine idyllische Kindheit, die sie nicht wirklich erlebt hat, aber umso leidenschaftlicher in ihrer Erinnerung nachbaute. Das heißt, sie baute sie eigentlich um. Die Wirklichkeit war nämlich, nach allem, was ich weiß, düster, von Angst und Bedrückung, von Herabsetzung und Scham geprägt gewesen. Aber meinen Mitbringseln gelang es offenbar nachträglich, Licht in diese Düsternis zu bringen, sie freute sich so sehr darüber, dass ich immer ambitionierter wurde und die Bücher in der Ausstattung von damals suchte, mit deren Hilfe sie der unschönen Wirklichkeit entflohen war und mit deren Hilfe sie als Erwachsene diese Zeit nachträglich redigieren konnte. Es waren Liebesgeschenke.

Nebenbei begann ich auch, die Bücher, die *mir* früher was bedeutet hatten, im Original zu kaufen, wenn ich ihnen zufällig begegnete, und so wurde nach und nach eine Sammlung daraus. Bald waren es auch Sachen, die ich gerne lesen wollte, und nebenbei rutschten auch welche mit rein, die einfach nur kostbar waren, mir Ehrfurcht einflößten und deren Besitz mich irgendwie adeln sollte. Das ist natürlich Quatsch. Aber es ist eben der Quatsch, hinter dem ich her war.«

»Wieso ist das Quatsch?«

»Weil das, was ich jetzt so ein bisschen flapsig Adel nenne, nicht vom Haben kommt, sondern vom Sein. Es kommt, wenn überhaupt, aus Erlebnissen, aus Gedanken, aus einer Haltung oder Erfahrung heraus, nicht aus dem schieren Eigentum an schönen Dingen.«

Das klang mir nun ein wenig apodiktisch und nach kleiner Handreichung zum erfüllten Leben, wie man sie auf den Nachttisch legt, wenn man ein Faible für erhabene Gedanken hat, aber nicht das Talent, sie selber zu denken. Ich murrte nicht, denn er hatte einen Schimmer in den Augen – ich wusste nicht, ob das Freude war oder Trauer –, er war von irgendetwas bewegt, und ich wollte nicht hineintrampeln.

»Ich kann's nicht besser ausdrücken, schade«, sagte er, trank einen Schluck, schenkte sich und mir nach und trank wieder einen Schluck, »so klingt's ein bisschen dämlich. Weiß ich selber.«

»Mir fällt gerade ein, dass wir auf der Fahrt hierher von Philip Roth geredet haben. Sie haben alles von ihm gelesen. Sie sind *doch* ein Leser«, sagte ich, um ihn von seiner Selbstherabsetzung abzubringen – stolz und souverän war er mir lieber. Unsicherheit passte nicht zu ihm. Oder zu meinem Bild von ihm.

»Nein. Es gehört mehr dazu.«

Mir lag auf der Zunge, ihn zu fragen, was das sei, aber ich schluckte es, denn wieder war dieser traurige Unterton da, der mich warnte. Und dann war ich abgelenkt, denn jetzt stand die Schönheit im Obstkleid vom Nebentisch auf und ging ins Lokal, sicher zur Toilette. Faller und ich sahen ihr nach – vielleicht taten das in diesem Moment alle Männer und die Hälfte der Frauen in diesem Garten. Sie wusste es. Man konnte ihrem Rücken direkt ansehen, wie er die Blicke einsammelte und zu einer Art

Umhang wandelte, der sich um sie legte, ohne an ihrer Silhouette etwas zu verändern. Faller lächelte.

»Was ist?«, fragte ich, »was lächeln Sie so fein in sich rein?«

»Jetzt nicht«, sagte er halblaut, mit einem schnellen Seitenblick auf den Mann am Nebentisch, der den Auftritt seiner Geliebten oder Frau oder Umworbenen mit vermutlich gemischten Gefühlen verfolgte und sicherlich jedes dazu passende Wort von uns erfasst und verstanden hätte. Vielleicht genoss er ja den stillen Applaus, den sie bekommen hatte, war stolz auf seine Trophäe und fühlte sich, wie es Faller ausdrücken könnte, »geadelt« durch ihre Gegenwart. Genauso gut aber konnte ihm das stumme Anbranden von Interesse, Ehrfurcht oder Geilheit wildfremder Leute Angst einflößen. Angst, einem solchen Moment nichts oder nur zu wenig entgegensetzen zu können, Angst, seiner Liebsten nie zu genügen, da er ihr nur *ein* paar Augen, nur *zwei* Arme, nur *eine* Brieftasche und die Zuneigung eines einzelnen Mannes bieten konnte und immer die Optionen gegen sich wüsste, die ihr in einem Augenblick wie diesem so offensichtlich angetragen wurden.

Ob wohl jemand darüber nachdachte, dass diese überirdische Erscheinung, deren Anblick noch als Echo oder Nachbild in der Luft lag, jetzt gerade in der Kabine ihren Hintern entblößte? Oder dachte das nur ich. Ich kann nicht anders, ich muss bestimmte Bilder weiterdenken.

Ein kurzer Blick auf Faller zeigte mir, dass er mit

seinen Gedanken irgendwo anders war – vielleicht bei seiner Bibliothek, vielleicht bei seiner Frau –, das war mir recht, denn in diesem Augenblick hätte ich ihn nicht als Mitleser meiner Gedanken gewollt.

Aber dann kam die Schönheit zurück. Ich sah es in seinen Augen. Und ich sah darin auch, dass sie Blickkontakt hatten, obwohl die Frau noch außerhalb meines Gesichtsfeldes war – die beiden verabredeten sich für diesen Augenblick – sie waren ein Paar: ein Bewunderer und eine Bewunderte, für eine Minute verbunden. Der Begleiter stand auf, die Frau lächelte ihm zu – das Lächeln galt Faller –, der Begleiter nahm seine Jacke und ihren leichten Mantel vom Stuhl, half ihr hinein, und sie gingen, scheinbar nur miteinander oder allenfalls sich selbst beschäftigt, aber in Wirklichkeit für aller Augen inszeniert, aus dem Garten und außer Sicht.

Ich spürte den Impuls, nach der anderen Schönheit zu sehen, aber ich tat es nicht. Ich fürchtete, in ihrem Gesicht etwas Abscheuliches, Missgunst, Neid oder Ärger über den Auftritt der Rivalin und die damit einhergehende eigene Zurücksetzung zu entdecken. Oder Erleichterung, dass das Publikum ab jetzt ihr allein gehörte.

»Seltsame Tiere«, sagte Faller. Er hob die leere Flasche an. »Sind Sie noch dabei?«

»Ja«, sagte ich, »gern«, und er winkte dem Kellner, der sofort an unseren Tisch kam.

—

Ich musste ihn nicht stützen auf unserem Weg zum Hotel zurück, er schritt auf sicheren Beinen aus, obwohl es drei Flaschen waren, die wir zusammen ausgetrunken hatten. Auf seine Frage, ob ich was von Wein verstünde, hatte ich von meiner Exfreundin erzählt, einer Winzertochter und Sommeliere, der ich Kenntnisse verdankte, die mir sonst nicht zuteilgeworden wären. Mehr nicht, denn an sie zu denken war mir schwergefallen, es hatte sich falsch angefühlt: als läse man Hera Lind nach Murakami. Das Auftauchen von Agnes in meiner Erinnerung hatte mich, auch wenn es wehtat, erfüllt und, vielleicht zusammen mit dem Wein, melancholisch und müde werden lassen. In dieser Stimmung konnte ich gut Fallers Beschreibung der Gehry-Bauten in Boston, Düsseldorf und Bilbao folgen.

Wir verabschiedeten uns im Flur, unsere Zimmer lagen nebeneinander. »Schlafen Sie aus«, sagte Faller, »vor Mittag bin ich morgen nicht fertig, eher sogar ein bisschen später, eins oder halb zwei.« Wir verabredeten uns in der Lobby oder wahlweise per Handy, und ich versprach, ab zwölf Uhr bereit zu sein.

So müde ich war, das Bild von Agnes ließ mich nicht einschlafen. Auf einmal war mir sogar ihr Duft wieder präsent: Ingwer, Patchouli und irgendwelche Blüten, und ich hörte ihre Stimme, die dicht, fest und fast ein bisschen grell, aber leise war, so als spräche sie mit irgendwem am anderen Ende des Zeltplatzes bei Cadaqués, wohin wir nach ihrem

Abitur mit dem ältesten Diesel aus dem Stall meines Vaters gefahren waren, um Dalís Villa in Port Lligat und sein Museum in Figueras zu besuchen.

Das war meine Idee gewesen – ich hatte damals eine M.C.-Escher-, Dalí- und De-Chirico-Phase. Agnes fühlte sich wohl eher vom Meer und der südlichen Sonne angezogen, als von Dalís gleißnerischer Artistik, und ich hatte nicht gemerkt, dass ich ihr mit meiner ständig vorgetragenen Begeisterung auf die Nerven fiel.

Mich dagegen hatte gestört, wie sie sich in den Blicken sonnte, die ihr auf Schritt und Tritt folgten, es schien mir obszön, dass sie sich diesem optischen Einspeicheln nicht verschloss – demütigend für mich war es auch, denn ich war Luft oder allenfalls ein Hindernis für diese Blicke gewesen. Irgendwann schlug sie vor, wir sollten uns einer Gruppe von Straßenmusikern und Tänzern anschließen, die an der Küste entlang nach Süden fuhren, und ich ließ sie gehen, weil ich meinen Plan, in Barcelona die Fondation Maeght und die Sagrada Família zu besuchen, auf keinen Fall aufgeben wollte.

Seltsame Tiere.

Die Szene heute Abend war ein Déja-vu gewesen. Deshalb hatte ich mich auch in die Angst des Begleiters der Obstkleidfrau hinein phantasiert. Ich war damals aus derselben Angst vor Agnes zurückgewichen – instinktiv hatte ich verstanden, dass ich es nicht schaffen würde, sie immer mit der Meute zu teilen, ihr immer beim Zelebrieren ihrer Erscheinung zu sekundieren, den stummen Applaus als etwas für sie Selbstverständliches zu ertragen – ich war zu klein für sie gewesen. Das hatte ich, als es geschah, nicht gewusst, aber vermutlich gespürt und begriffen, dass ich, außerhalb eines Zimmers nie allein sein würde mit ihr.

Hätte ich heute das Format? Ich wusste es nicht. Aber ich wusste inzwischen, dass Agnes weder oberflächlich noch beschränkt war – das hatte ich entdeckt, als sie nach Südfrankreich verschwunden und mir klar geworden war, dass wir uns nicht mehr sehen würden, ich hatte es an der Leere in mir gemerkt, die von Agnes bis dahin ausgefüllt gewesen war. Später verstand ich sogar, dass sie nicht *für* ihre Schönheit oder *von* ihr lebte, sie hatte nur einfach keine Wahl, sie musste *mit* ihr leben.

Vielleicht war das das Geheimnis in Fallers Blick. Dass er solchen Frauen ebenbürtig war. Souverän. Vielleicht sagte er schlicht: Ich bin dir gewachsen. Möglich wär's, dachte ich, mittlerweile fühlte ich mich privilegiert in seinem Windschatten, er hatte etwas an sich, das mir Vertrauen einflößte und, wenn ich ehrlich war, Bewunderung. Er schien mir jemand, der die Verantwortung für sich selbst übernommen hat, der sogar bereit ist, sie für andere zu übernehmen, der sich weder kleinmacht, noch überheblich gibt.

Mach halblang, dachte ich, er ist ein Mensch, er wird dir morgen wieder mit irgendwas auf die Nerven gehen, aber ich konnte mir selbst das Gefühl, etwas Außerordentliches zu erleben, nicht ausreden.

Ich musste auch nicht, denn ich war endlich müde geworden und schlief mit Agnes' Duft in der Nase und einem feinen Echo der Tannine des Brunellos auf der Zunge ein.

—

Eigentlich hatte ich das Buch nur als Frühstückslektüre neben meinen Teller legen wollen, aber es hielt mich so fest, dass ich mich danach in die Lobby setzte und weiterlas. Irgendwann bat man mich, mein Zimmer zu räumen, und ich holte meine Sachen, stellte sie neben mich und las weiter. Als Faller kurz vor eins ankam, hatte ich noch dreißig Seiten zu lesen. Die Welt war tatsächlich verschwunden gewesen.

»Und jetzt nach Münster«, sagte er, als wir den Wagen gepackt hatten und eingestiegen waren. Ich lenkte aus der Parklücke und dachte beim Anblick meiner Hände am Steuer, jetzt würden diese skurrilen Handschuhe passen, die nur die Handflächen mit Leder bedecken, die Finger frei lassen und von dünnem Gewebe auf dem Handrücken zusammengehalten werden. Das schicke Accessoire für den gepflegten Herrenfahrer.

Wenn Faller wirklich Gedanken lesen könnte, dann müsste er jetzt von der passenden Mütze in Tweed anfangen.

Wir rollten über das Pflaster der Altstadt, und ich

überlegte gerade, ob ich die Brille aufsetzen sollte, da sagte er: »Sie lächeln so vergnügt in sich rein, als wären Sie sich sicher, dass ich nicht wirklich Gedanken lesen kann.«

»Da ist was dran«, sagte ich.

»Gilt das jetzt als gelesen?«, fragte er.

»Nein, das war geraten.«

»Das ist es doch immer. Nur eben manchmal mit Glück.«

»Gut, dann gilt's halt. Gehört ja schließlich zu unserem Umgang. Ich denke. Sie lesen.«

»Sie fahren, ich träume.«

Wovon, wollte ich fragen, aber ich beherrschte mich. Wenn er reden wollte, würde er das tun, ich musste ihm keine Würmer aus der Nase ziehen. Vielleicht war jetzt auch das entspannte Schweigen dran.

Bis Kassel musste ich mich ohnehin auf den dichten und nervösen Verkehr konzentrieren, wurde immer wieder gestört von überholenden Lastern oder Kleinwagen, sodass ich nie länger als ein paar Minuten, ein paar Kilometer weit, in Schwung bleiben konnte. Später, Richtung Dortmund, ging es dann eine Zeit lang flüssig, bis wir zu einer Baustelle kamen, durch die wir mit achtzig in einer langen, dichten Blechschlange rollen mussten.

Bis auf gelegentliche Kommentare zu anderen Verkehrsteilnehmern hatte Faller nichts gesagt, nur entspannt und tatsächlich ein wenig verträumt dagesessen. Er war ein guter Beifahrer, bremste nicht mit, flatterte nicht mit den Händen oder ruckte auf seinem Sitz herum, wenn ich in eine enge oder gar brenzlige Situation geriet. Er überließ sich meinen Fahrkünsten und vertraute mir.

Aber als ich beim Kreuz Unna die Autobahn wechselte, schien mir sein Schweigen eine andere Qualität angenommen zu haben – bei einem kurzen Blick zur Seite fand ich ihn blass und irgendwie eingefallen. Er starrte geradeaus und wirkte vollkommen abwesend.

»Ist was?«, fragte ich, »ist Ihnen nicht gut?«

Er schien aus einer Art von Trance aufzuwachen, wirkte einen Moment unwirsch, als habe ich ihn gestört bei einer Meditation oder dem Nachdenken über komplizierte Sachverhalte, dann musste ich mich auf den Verkehr konzentrieren, und als ich das nächste Mal zu ihm hinsah, fummelte er eine Tablette aus der Jackentasche und schluckte sie mit Wasser aus einer kleinen Flasche, die er aus dem Handschuhfach genommen hatte.

»Kater«, sagte er. »Zu viel des guten Brunello gestern Abend. Bin selber schuld. Mein Magen will manchmal anders als ich.«

Um ihn abzulenken, fragte ich nach unserem nächsten Reiseziel.

»Sie meinen nach Münster?«

»Ja«, sagte ich.

»Marburg.«

»Erkenne ich da ein Muster?«

»Erkennen Sie eins?« Die Tablette schien schnell gewirkt zu haben – er war wieder ganz der Alte.

»Universitätsstädte, alte Universitätsstädte, nicht

sehr große Universitätsstädte«, sagte ich, »sind Sie da vielleicht überall Ehrendoktor?«

»Schlau. Chapeau. Ehrendoktor bin ich nicht, aber den haben Sie ja auch nur ausgepackt, um mich nicht als faden Geldsack zu etikettieren.«

Das stimmte. Er verblüffte mich schon wieder.

»Es war eine kleine, miese Gemeinheit am Anfang, und dann wurde es zu einer richtig guten Idee.«

»Das interessiert mich«, sagte ich, »kleine Gemeinheit, große Idee, das klingt nach einer Geschichte.«

»Ich wohnte damals in einer Wohngemeinschaft«, fing er an, »in Göttingen nahe der Altstadt. Ein Villenviertel, Gründerjahre, alles ziemlich heruntergekommen, in den Sechzigerjahren ließ man die alten Häuser noch vergammeln, um sie irgendwann abzureißen und durch praktischere Neubauten zu ersetzen. Wir wohnten für den Platz, den wir zur Verfügung hatten, billig, jeder von uns zahlte hunderfünfzig Mark. Wir waren zu acht, drei Frauen, fünf Männer, alle basisdemokratisch drauf bis zum Haaransatz …, wie alt sind Sie?«

»Vierunddreißig. Ich fühle mich aber älter.«

»Geht mir auch so«, sagte er lächelnd, »nur anders herum: Ich bin sechzig und versteh nicht, wo die Zeit geblieben ist.«

»Ich wollte nicht ablenken«, sagte ich, »tut mir leid. Streichen Sie die Bemerkung.«

»Ich habe nur gefragt, weil ich annehme, dass Sie überhaupt keine Vorstellung davon haben können, wie biestig basisdemokratisch wir waren. Hausversammlung einmal in der Woche, jeder Redebeitrag fing an mit den Worten: ›Ich find's irgendwie nicht so gut‹, und dann wurde kritisiert und belehrt und besser gewusst, was das Zeug hielt. Ob eine der Frauen mit Nagellack erwischt oder mit einem Schlipsträger gesehen worden war, was ganz klar einem Klassenverrat gleichkam, denn wir waren ja alle Proletarier, selbst gewählte natürlich, mit Eltern wie Lehrern, Beamten, Geschäftsleuten – Kinder von Arbeitern studierten damals nur wenige –, ob einer sein Fahrrad im Hausflur falsch abgestellt, die Lyonerwurst des anderen aus dem Kühlschrank verputzt oder die falsche Musik aufgelegt hatte – alles außer Zappa, Stones und Ton, Steine, Scherben *war* die falsche Musik –, es gab eine Menge zu kritisieren, und es wurde mit verbissener Freude um jeden Scheiß gestritten. Eben basisdemokratisch.

Und wie das immer so geht, war einer der Oberbasisdemokrat. Diese machtversessene Alphafigur gibt es überall, sie drängt sich mit noch mehr Text oder noch mehr unter vorgeblicher Einfühlung versteckter Arroganz in den Vordergrund und muss die Ansagen machen. Bei uns war das Karsten. Sein Vater war Beamter in Bonn, ein hohes Tier, das wies Karsten als echten Märtyrer aus, denn er war ja gestraft mit der direkten Abkunft von einem Vertreter des Systems. Wir verstanden alle, dass er diesen Makel durch hundertachtzigprozentiges Revolutionärdenken kompensieren musste und erlaubten ihm, sich aufzublasen.

Falls Sie sich übrigens jetzt gerade dem Gedanken annähern sollten, ich hätte mit ihm rivalisiert, das stimmt nicht, er ging mir nur wahnsinnig auf die Nerven, weil er nie einen eigenen Gedanken ablieferte. Es war immer nur das übliche angelesene Geschwätz, er blubberte den Inhalt aller Flugblätter heraus, die einem vor der Mensa um die Ohren gewedelt wurden. Vielleicht können Sie sich einen solchen Schwall von Phrasen gar nicht mehr vorstellen.«

»Vielleicht doch«, sagte ich, »zumindest vage. Aus dem Buch *Rot* von Uwe Timm.«

»Hat der auch mal was über Currywurst geschrieben?«

»Ja, eine sehr schöne Nachkriegsgeschichte. Liebesgeschichte.«

»Das kam in irgendeiner Zeitung als Fortsetzung. Das hab ich zum Teil gelesen.«

Wir fuhren in schlechtes Wetter, inzwischen war ein leichter Nieselregen aufgekommen, dem sich die Scheibenwischerintervalle geschmeidig anpassten. Ich fühlte mich ein bisschen enteignet und bevormundet – ich hätte lieber selbst auf Schnell oder Langsam geschaltet.

»Haben Sie gesagt, was Ihr Vater macht?«, fragte ich.

»Nur dass er Architekt sei. Das war schlimm genug. Ein Knecht des Kapitals. Dass er selbst Häuser baute und verkaufte oder vermietete, hab ich schön für mich behalten.«

»Als weißer Neger. Schon klar.«

»Wo war ich?«, fragte Faller.

»Irgendwo auf dem Weg zur kleinen Gemeinheit. Die Phrasen.«

»Ach ja, klar. Also Karsten. Er war der Hauptmieter und hatte uns als Untermieter zusammengeholt, nachdem er für sich selbst das schönste Zimmer mit Erker und Terrasse requiriert und, wie das damals üblich war, mit Sperrmüllmöbeln eingerichtet hatte. Er sammelte von uns die Miete ein, für damalige Zeiten waren hundertfünfzig schon ziemlich viel, mehr als ein Drittel des BAföG-Satzes. Wir waren also nicht die ärmsten Pseudoproletarier, auch wenn ein Mensa-Essen nur eins dreißig kostete und die Einschreibegebühren achtzehn oder zwanzig Mark. Egal …, jetzt habe ich mich selbst rausgebracht. Jedenfalls, als ich irgendwann mal den Mietvertrag sehen wollte, ich weiß nicht mehr, warum, sei es wegen einer Nebenkostenabrechnung oder sonst irgendwas, da fand Karsten ihn zuerst nicht, hatte ihn dann nach Hause in seinen Heimatort mitgenommen und vergessen, ihn wieder mitzubringen. Ich wurde misstrauisch.

Ich kannte den Vermieter, einen Arzt, der außerhalb in einem neuen Bungalow wohnte, und ging hin zu ihm, stellte mich als Abgesandten meines Vaters vor und fragte ihn rundheraus, ob er das Haus verkaufen wolle. Eigentlich hatte ich nur vorgehabt rauszukriegen, wie hoch die Miete war, aber der alte Herr ging freudig auf mein Angebot ein und bat mich, meinem Vater auszurichten, er solle sich jederzeit melden, man werde sich schon einig. Unterlagen wollte er mir allerdings keine mitgeben, vielleicht traute er mir doch nicht so recht über den Weg in meinem Studentendress. Trotzdem gelang es mir, ihm die Höhe der Miete zu entlocken, ich behauptete, mein Vater habe mich gebeten, das vorneweg zu erfragen.

Und siehe da, ich hatte richtig gerochen. Karsten beschiss. Die Miete lag unter tausend, er wohnte kostenlos und ließ uns seinen Anteil bezahlen.

Eigentlich hatte ich die nächste Hausversammlung abwarten wollen, um Karsten mit großer Geste an die Wand zu nageln, aber dann begann ich darüber nachzudenken, wie es wäre, wenn ich das Haus wirklich kaufen würde. Ich hatte mich ganz nebenbei selbst inspiriert mit meinem kleinen Schwindel. Also hielt ich erst mal die Klappe und fuhr nach Hause, wollte meinen Vater bitten, das Haus zu kaufen, ihm anbieten, es für ihn zu verwalten, Karsten und zwei andere Unsympathen rausschmeißen und mir angenehmere Mitmieter suchen. Langweile ich Sie?«

Ich schreckte auf. Ich hatte zwar nicht auf Durchzug gestellt, aber die Geschichte war lang, und ich musste immer wieder auf den Verkehr achten, es konnte sein, dass er glaubte, ich höre nicht zu.

»Nein«, sagte ich, »kein bisschen. Mach ich den Eindruck?«

»Ein bisschen.«

»Täuscht aber.«

»Nun ja. Sie kennen die Pointe.«

»Sie haben das Haus gekauft.«

»Ja.«

»Per Strohmann.«

»Ja.«

»Und Karsten bekam, was er verdiente.«

»Ja. Aber er musste nicht lange leiden. Er ist bald danach ein hoher Kader beim KBW geworden, falls Ihnen das was sagt.«

»Eine sogenannte K-Gruppe?«

»Ja, der Kommunistische Bund Westdeutschlands. Maoisten. Intelligente Dogmatiker. Als der Laden sich in den Achtzigerjahren auflöste, hatten sie ein Millionenvermögen. Da war Karsten richtig.«

»Haben Sie ihn später je wieder gesehen?«

»Ja. Als Funktionär im Haus- und Grundstückseigentümer-Verband. Er war nett geworden, ein umgänglicher Mann, aber ein echter Miethai. Genau das, was er vorher bekämpft hatte, das was ich nie war, ein Geldmacher, der rausholte, was drin war.«

Faller schwieg. Vielleicht dachte er über den ominösen Karsten nach oder versetzte sich zurück in die Zeit seiner Undercover-Existenz als Agent des Kapitals unter lauter Gegnern.

»Eigentlich war das keine Gemeinheit«, sagte ich, »jedenfalls nicht von Ihnen. Wenn überhaupt, dann von Karsten, der seine Mitbewohner übers Ohr gehauen hat.«

»Das Rausfinden der Miete nicht, da haben Sie recht, aber der Hauskauf später, der Strohmann, die Lügerei gegenüber den anderen, das war gemein. Und es war feige.«

»Also, meinen Segen haben Sie. Wenn Ihnen daran was liegt. Ich denke, Sie konnten nicht anders. Sie wären einsam gewesen.«

»Das war ich auch so.«

»Jetzt hab ich auch eine Vorstellung von dem, was die gute Idee sein könnte.«

»Ja? Her damit.«

»Häuser dieser Art in Städten dieser Art zu kaufen. Sie zu erhalten, anstatt sie abzureißen, und darauf zu setzen, dass kleine Universitätsstädte immer Wohnungsknappheit haben werden. Und dass man Altbauten in naher Zukunft wieder mehr zu schätzen wissen wird.«

»Ganz genau. Ich habe nach dem Tod meines Vaters konsequent daraufhin umstrukturiert. Alles verkauft und dafür die damals billigen, schönen, stadtnahen und uninahen Häuser mit guter Substanz gesammelt. Hätte ich dann auch noch an Miete immer rausgeholt, was drin lag, dann wäre ich heute doppelt so reich.«

»Und halb so glücklich?«

Er sah mich an, als hätte ich etwas Dummes gesagt. Zumindest kam mir das so vor. Sein Blick war kurz und skeptisch, fast so, als frage er sich, ob er mit mir seine Zeit verschwende.

»Falsch?«, fragte ich.

Er atmete tief ein, als müsse er sich für die Antwort sammeln. »Nicht falsch vielleicht. Aber irgendwie Thema verfehlt. Ums Glücklichsein geht es nicht.«

Jetzt war ich so perplex, dass ich meinerseits Luft holen musste. Er hatte mich zum ersten Mal zurechtgewiesen, wie einen kleinen dummen Schüler, der die Sache nicht kapiert hat, den man vielleicht doch noch mal eine Klasse zurückstufen müsste. Ich versuchte, meinen aufkommenden Ärger darüber zu schlucken, aber es gelang mir nicht.

»Worum geht es dann?«

»Anstand«, sagte er.

»Und der macht nicht glücklich?«

»Wie sollte er? Nein. Schon gar nicht denjenigen, der sich anständig benimmt. Das ist nur im Märchen so und im Kino. In der Wirklichkeit nicht.«

Jetzt fühlte ich mich erst recht abgekanzelt und schwieg, ohne meinen Zorn zu verbergen. Ich sah geradeaus und gab den stoischen Chauffeur. Sollte er sich wieder melden, wenn ihm langweilig würde. Von mir aus auch erst morgen.

—

Als wir von der Autobahn abgefahren waren und uns der Münsteraner Altstadt näherten, ließ er seine Scheibe herunter: »Erschrecken Sie nicht«, sagte er, »gleich kommt ein Albtraum mit Fahrrädern.«

Das stimmte. Nach dem Abbiegen von der Ringstraße in Richtung Stadtmitte überquerte ich etwas, das Promenade hieß und von unzähligen Radfahrern benutzt wurde. Ich wagte es zuerst nicht, einfach loszufahren und den endlosen Strom von

Radlern zu unterbrechen, bis einer hinter mir hupte und ich die nächste kleine Lücke nutzte.

»Die sind hier stolz auf ihren Öko-Ruhm. Platz eins vor Erlangen in der Liste der fahrradfreundlichsten Städte«, sagte er, »lassen Sie sich nicht fertigmachen, die fahren wie Idioten. Das tun sie extra, weil sie doch die Guten sind und wir die Bösen.«

Ich sah sofort, was er meinte. Die paar Hundert Meter durch die Innenstadt, die wir bis zum Hotel noch zurücklegen mussten, kroch ich angespannt und in ständiger Alarmbereitschaft, um nicht einen der anarchisch durcheinanderflitzenden Radler zu touchieren.

Im Hotelzimmer nahm ich zuerst eine Dusche. Ich war von der kurzen Strecke nass geschwitzt. Mein Ärger über Fallers Benehmen war zwar nicht abgeflaut, aber unter dem angenehmen Rieseln des warmen Wassers, beim Anblick der luxuriösen Einrichtung des Bades und beim Gedanken an die letzten Seiten der *Geschichte mit Pferden*, die ich jetzt gleich lesen konnte, fühlte sich das Ganze doch wieder wie eine Nebensache an. Hatte er mich eben angepfiffen. Na und. Kein Beinbruch.

Wir waren wieder für sieben Uhr am Abend verabredet, ich hatte also noch Zeit für einen Spaziergang in der Stadt.

—

Von manchen Büchern fällt der Abschied schwer. Man will nicht raus aus der Geschichte, egal ob sie nun schön war oder schrecklich, man will die Welt, in der man zu Gast war, nicht schon wieder verlassen. Ich dachte nach dem Zuklappen daran, gleich ein anderes anzufangen, um den Bann zu brechen, aber von den dreien, die ich eingepackt hatte, schien mir auf einmal keines mehr verlockend. Also ging ich los mit dem Ziel, die nächste Buchhandlung zu finden und das nächste Morsbach-Buch zu kaufen.

Hatte ich mich vorher, im Auto, darauf konzentrieren müssen, keinen Radfahrer zu erwischen, fand ich mich jetzt in der gespiegelten Situation wieder: Ich musste aufpassen, dass keiner mich erwischte. Die meisten fuhren brav, wenn auch illegal, denn ich hatte am Eingang der Fußgängerzone ein Fahrrad-Verboten-Schild gesehen, aber immer wieder sirrte einer wie ein arrogantes Rieseninsekt kreuz oder quer und überließ es den Fußgängern, für die eigene Unversehrtheit zu sorgen. Ich wagte kaum, die beeindruckende gotische und Renaissancearchitektur zu bestaunen, weil ich immer den Blick kreisen ließ, ob nicht eines der Insekten auf mich zielte.

Gerade wollte ich in eine Großbuchhandlung flüchten, da zirpte und vibrierte mein Handy in der Tasche. Ich erschrak. Das Handy kommt in meinem Leben eigentlich nicht vor, es ist ein Gelegenheitsrequisit, von dem ich alle paar Wochen mal Gebrauch mache – angerufen werde ich normalerweise nicht. Eine Kurznachricht: *Sie waren nur nett, und ich habe sie angeblökt, das tut mir leid. Soll nicht wieder vorkommen. Faller.*

Drinnen im Laden, nachdem ich die Zeitschriften, Bestseller, Kochbücher und Ramschtische passiert und die Taschenbuchabteilung erreicht hatte, fand ich, dass es anständig von ihm war, sich zu entschuldigen, und dann spürte ich ein breites Grinsen auf meinem Gesicht, als mir auffiel, dass er ausgerechnet beim Thema Anstand so hochgefahren war. Er hatte ihn kurzfristig vergessen, vor lauter Ernstnehmen, Grübeln, oder was auch immer ihn so erregt haben mochte, dass er meinte, mir so harsch über den Mund fahren zu müssen.

»Lächeln Sie über was Mitteilbares?«, fragte eine Buchhändlerin, die neben mir aufgetaucht war, um einen Stapel Taschenbücher zu ergänzen.

»Nein, ich glaube nicht«, sagte ich, »nur witzig im eigenen Kopf.«

»Schade.«

»Tut mir leid.« Ich hob die Schultern.

»Aber kann ich Ihnen helfen? Suchen Sie was Bestimmtes?«

»Ein Taschenbuch von Petra Morsbach, nicht *Geschichte mit Pferden*, nicht *Opernroman* und nicht *Plötzlich ist es Abend*.«

»Dann bleibt nur *Gottesdiener,* kommen Sie«, sie führte mich zum Regal, »hier müsste es stehen.«

Aber das Buch war nicht im Alphabet, deshalb ging sie zu einem nahen Computerterminal, um es zu bibliografieren, ich folgte ihr, und sie sagte: »Das muss heute jemand geklaut haben. Oder irgendwo hingetragen und abgelegt. Eins müsste nämlich noch da sein. Tut mir leid. Bis Morgen zehn Uhr kann ich es für Sie bestellen.«

»Ich weiß nicht, ob ich dann noch hier bin, lieber nicht«, sagte ich, aber weil ich sie nett fand, bat ich: »Empfehlen Sie mir was. Kein Blut, keine Fantasy.«

Sie lächelte, sagte: »Das macht's überschaubar«, ging zielstrebig zum Regal und zog ein Buch heraus. Gianrico Carofiglio, *Reise in die Nacht*. Ich nahm es in die Hand, um den Klappentext zu lesen, war ein wenig misstrauisch, da es nach Krimi aussah, worauf ich keine Lust hatte, aber sie sagte: »Mein liebstes Buch der letzten paar Monate. Das müssen Sie einfach mögen.«

»Drängen Sie das jedem auf?«

»Jedem«, sie lächelte, »wenn ich ihm Geschmack zutraue.«

»Danke«, sagte ich. »Doppeldanke, für den Geschmacksverdacht und für den Tipp.«

»Gern«, sagte sie und lächelte.

Ich hatte spät gefrühstückt, deshalb mittags nichts gegessen, und Faller war unterwegs nicht auf einen Rasthofstopp zu sprechen gekommen – da war ein Loch in meinem Bauch, ich musste sofort etwas hineintun.

In der Schlange bei Subway las ich die ersten Seiten und war für den Rest des Nachmittags im Buch verschwunden, ich las beim Essen, las im Café auf dem Platz mit Blick auf ein unglaublich schönes gotisches Rathaus, vergaß die Brille auf meiner Nase, vergaß alles um mich herum, trank nach dem Kaffee, um sitzen bleiben zu können und die Kellnerin nicht zu verärgern, noch einen Saft und ging erst kurz nach halb sieben zurück zum Hotel. Als ich an der Buchhandlung vorbeikam, wollte ich der netten Buchhändlerin sagen, ihr Tipp sei ein Treffer, das Buch lasse mich nicht los, aber ich sah sie nicht im Erdgeschoss und wollte nicht den Laden nach ihr absuchen.

—

Jetzt war ich schon mal anderswo und konnte etwas sehen vom Rest der Welt, und ich steckte den Rüssel in ein Buch. Das ist idiotisch, dachte ich, es ist falsch, falscher geht's gar nicht, aber ich konnte mir selbst nicht böse sein – ich schimpfte mich nur pro forma aus, um der Stadt Münster den ihr gebührenden Respekt zu zollen. Ich müsste hier Augen haben. Aber nicht mit diesem Buch in der Tasche.

Ich hatte es in der Lobby dabei und las, bis Faller heraneilte, hektisch und mit einem erschöpften Zug um den Mund, nur um zu sagen, er müsse noch weitermachen, sonst koste es den ganzen nächsten Tag, es tue ihm leid, er wolle aber versuchen, sich in zwei Stunden bei mir zu melden und dann noch irgendwo hinzugehen, um etwas was für den morgigen Kater zu tun.

Ich hatte ohnehin keinen Hunger und las weiter, ließ mir später ein Glas Wein bringen und las und las und begann zu hoffen, es gäbe von diesem Autor noch mehr auf Deutsch und ich könnte morgen spätestens in Marburg für Nachschub sorgen.

—

»So wie ich das sehe, sind Sie in bester Gesellschaft«, sagte Faller, als er auf einmal wieder dastand. Ich sah auf meine Uhr, es war Viertel nach neun.

»Ja«, sagte ich, »trinken Sie was? Katerpflege?«

»Gern.« Er setzte sich. Ich winkte dem Mann an der Bar, und Faller fragte ihn nach Rotweinen aus, bestellte ein Glas Pouillac und lehnte sich müde in seinen Sessel zurück.

»Sie haben blind nach Ihrem Glas getastet, ohne den Blick aus dem Buch zu heben«, sagte er, »es ist gut, oder?«

»Sehr gut«, sagte ich und zeigte ihm den Umschlag.

»Carofiglio, nie gehört. Was für ein Name. Wir heißen Faller und Storz und Müller und Hahnemann, die Italiener heißen Bellini, Carpaccio, Veronese, die haben es besser.«

»Sie heißen auch Berlusconi, Fini, Mussolini und Bossi.«

»Die Namen sind doch herrlich. Nur die Typen speziell, eher scheiße, oder?«

»Na ja. Musikalisch gesehen schon. Aber bei den

ersten drei muss man nicht trennen zwischen schönem Namen und miesem Image. Bellini ist für mich der Zweitgrößte überhaupt.«

»Ach ja, ich hatte vergessen, dass Sie Kunstgeschichte studiert haben«, sagte er und nahm dem Kellner mit einem anerkennenden Nicken für dessen Tempo das Weinglas vom Tablett, »und wer ist der Größte?«

»Gauguin. Zu seiner bretonischen Zeit. Nicht die Südseebilder, die früheren.«

»Versteh ich. Ja. Kann ich nachvollziehen.«

Er trank. »Noch Hunger?«

»Nicht so richtig«, sagte ich, »nicht zwingend. Es könnte meinetwegen auch bei der Katerpflege bleiben.«

Er winkte dem Barmann und bestellte eine Flasche von dem Pouillac, der sichtlich seine Zustimmung gefunden hatte.

Ich hatte den Eindruck, als fange Faller wieder Blicke ein. Nicht weit von uns saß ein Pärchen, ein älterer Mann mit einer jungen Frau, vielleicht Professor mit Studentin oder Assistentin – sie sah immer wieder her, ganz kurz und nur so, dass es wie ein Blick in die Runde wirkte, ohne Ziel und ohne Halt, und mir war klar, dass sie nicht mich meinte. Ich fühlte mich dennoch prominent. Faller musste etwas haben, das die Frauen interessierte. Der Professor merkte nichts. Er redete ohne Unterbrechung, gestikulierte, strahlte im Glanze seiner Weisheit und schien sich ihrer Aufmerksamkeit gewiss. Der arme Mann sonnte sich in ihrer vermeintlichen Zuwendung, glaubte sich bewundert und vielleicht sogar begehrt, während sie vielleicht in Gedanken gerade Fallers Reißverschluss nach unten zog.

Was dachte ich denn da?

Faller sah mich an. Er sagte nichts.

»Danke«, sagte ich.

»Wofür?«

»Dafür, dass Sie meine Gedanken jetzt gerade ungescannt lassen.«

»Tu ich das?« Er lächelte.

»Ja, das tun Sie. Und das ist höflich und verdient Lob.«

Er lächelte breiter: »Ich habe überlegt, was Sie wohl denken, aber ich hatte keine Idee. Leider. Nichts, um Sie zu verblüffen. Es ist Glückssache.«

»Ich habe an das Buch gedacht«, log ich und klopfte auf den Umschlag. »Da verlieben sich zwei ineinander, weil sie über Bücher reden.«

Der Barmann brachte den Wein und eine Schale mit Salzgebäck, ließ Faller probieren und schenkte uns dann ein. Mir waren die Gläser zu groß und zu langstielig. Ich fand sie pompös, aber Rotwein braucht Oberfläche zum Atmen, das sagen alle, die sich auskennen, und dafür nehmen sie ästhetischen Kummer in Kauf. Das heißt, ich tue das. Vermutlich hat niemand auf der ganzen Welt ein Problem mit diesen Glasballons, nur ich. Und auch nur nebenbei.

»Ich habe mich in meine Frau genauso verliebt«, sagte Faller, als er sein Glas abstellte.

»Beim Reden über Bücher?«

»Nein, über Malerei. Als ich sie das erste Mal sah, lachte sie so fast verzweifelt in sich rein, während ein kluger Mann kluge Sachen sagte, dass ich die Augen nicht von ihr lassen konnte. Und das, obwohl sie die ganze Zeit versuchte, sich zu verstecken, sie wollte nicht, dass jemand mitbekam, wie sie sich amüsierte.«

»Das klingt nach einer Geschichte«, sagte ich.

»Stellen Sie sich vor: eine Ausstellungseröffnung in Paris, eine nicht sehr große Galerie in Saint Germain nahe der Sorbonne, vielleicht dreißig Gäste, bunt gemischt, zum einen Teil Anhang des Malers, zum anderen potenzielle Käufer. Dazu ein Intellektueller, wie man sie nur in Frankreich genießen kann, mit Rollkragen, edler Brille, Kaschmirjackett und exzellentem Haarschnitt von allerdings eitler Länge, er hält die Einführung – jedermann leckt ihm die Worte von den Lippen, nur die schönste junge Frau im Raum versteckt sich hinterm Rücken ihres Vordermannes, weil sie das immer breiter werdende Grinsen in ihrem Gesicht einfach nicht unter Kontrolle kriegt.

Mein Französisch war zu schlecht, ich verstand nur hin und wieder etwas von dem, was der kluge Mann sagte, und es wäre auch zu schlecht gewesen, um die junge Frau nach dem Grund ihrer Heiterkeit zu fragen. Falls ich es mithilfe des Wörterbuchs geschafft hätte, wenigstens die Frage verständlich zu formulieren, so wäre ich spätestens bei der Antwort ausgestiegen, aber ich hörte sie später Deutsch mit jemandem reden, hatte mich immer in ihrer

Nähe gehalten, um vielleicht einen Moment zu erwischen, und irgendwann stieg ich einfach ein in das Gespräch zwischen den beiden.

Das sind gute Bilder, hatte der Mann gesagt, und sie korrigierte ihn gerade: Es sind sehr gute Bilder. Er hat jetzt schon alles, um ein ganz Großer zu werden.

Dann ist der Maler jung?, mischte ich mich ein, und sie nahm mich ohne Umstände ins Gespräch auf: Für das, was er kann, ist er jung, sagte sie, achtundzwanzig. Der Mann verzog sich umgehend, als sei er froh, nicht mehr weiter mit dieser Frau reden zu müssen. Vielleicht war er eingeschnappt, dass sie ihn verbessert hatte. Vielleicht gehörte er zu der Sorte, die nur recht hat und leidet, wenn andere nicht ständig das Haupt vor ihnen beugen.

Gefallen Ihnen die Bilder?, fragte sie mich.

Sehr sogar, sagte ich, so sehr, dass ich zwei davon gern kaufen würde. Vorausgesetzt, ich kann sie mir leisten.

Da sind Sie bei mir richtig. Sie lachte mich an: Ich bin die Galeristin.

Verraten Sie mir, wieso Sie so frenetisch in sich hinein gelächelt haben vorher bei der Einführung?, fragte ich.

Frenetisch?, sagte sie in einem Ton, der mir klarmachte, dass sie mich jetzt auch gleich korrigieren würde, das erwartete ich jedenfalls und war fest entschlossen, ihr Paroli zu bieten.

Ja, frenetisch. Das Wort bezeichnet Lärm, und Ihr Lachen muss in Ihrem Innern mächtig gelärmt haben, sagte ich und war stolz auf mich, den Ball so schnell und locker zurückgeschlagen zu haben.

Sie hob die Augenbrauen und war ebenso schnell wie ich: Au, ein versierter Wortklauber.

Sie sagte das so, als sei ein versierter Wortklauber das Beste, was ihr in diesem Augenblick und an diesem Ort über den Weg laufen konnte. Sie strahlte mich an und legte ihre Hand auf meinen Arm. Gleichzeitig hatte sie etwas Kampflustiges. Als wolle sie sich wie ein junger Hund auf jede nur mögliche Rangelei einlassen, einfach weil es Spaß machte und man sich dabei lebendig fühlte. Ich ließ mich nicht irritieren und erinnerte sie an meine Frage: Was war so witzig?

Unser Starphilosoph, sagte sie mit gesenkter Stimme. Er hat Bezüge hergestellt und Bedeutung herbeigeredet und Wortgerümpel in diese klaren, schönen Bilder hineingesabbert. Das Grau bezieht sich auf Corot, das Blau auf Yves Klein, die harten Konturen auf Braque, das Licht auf Turner und die Kompositionen auf die komplette Renaissance. Natürlich alles mit Absicht und Plan, schließlich soll uns der Maler damit erklären wollen, dass die abendländische Bildwelt eine vernetzte Gesamtheit darstellt, deren wir uns heute wieder bewusst werden müssen, um sie kritisch zu hinterfragen, weil sie doch in Verbindung stand mit Kolonialismus, Krieg und was weiß ich – entschuldigen Sie, weiter kann ich nicht, ohne neuen Lachanfall.

Der Maler hat also nichts von alldem beabsichtigt, fragte ich, nur damit sie weiterspräche, denn ihr hemmungsloser Spott über den aufgeblasenen Schönling gefiel mir außerordentlich gut.

Damit handelte ich mir allerdings einen skeptischen Blick ein, so als frage sie sich, ob sie mir das Ganze jetzt etwa noch mal erklären müsse. Natürlich nicht, sagte sie, zum Glück ohne Herablassung – der Maler sieht Bilder, die malt er, und fertig.

Er will uns nichts erklären?, fragte ich, sind Sie sicher?

Und sie: Ja. Er will Bilder malen. Damit sie existieren. Und wem diese Existenz eine innere Saite zum Klingen bringt, wen sie rührt oder bewegt, von mir aus auch erfreut oder sogar nur entspannt, der ist willkommen. Wer ein ästhetisches Empfinden hat, das über Gebrauchsgegenstände hinausgeht und ihm ein wie auch immer geartetes Erlebnis mit Kunst ermöglicht, der ist der Adressat. Und wer die abendländische Kultur hinterfragen will, der darf getrost zu den Büchern unseres Redners greifen – von den Bildern dieses Malers hat er nichts. So jemand hat überhaupt nichts von Malerei. Jedenfalls nicht von zeitgenössischer. Wer irgendwas *erklären* will, macht Worte, wer Bilder malt, *erschafft* was.

Ich war baff. Ich fürchte, ich glotzte sie hirnerweicht und blöd vor Entzücken an. Dieser geschliffene kleine Ausbruch schien mir nicht nur erfrischend querulantisch, sondern auch blitzklug. Und er wirkte auf mich wie eine kleine Lossprechung. Ich hatte bis dahin auch zu denen gehört, die glaubten, sich von berufeneren Menschen Kunstwerke erklären lassen zu müssen. Einfach nur schön, aufregend oder rätselhaft ohne Lösungsversprechen konnten die doch nicht sein. Das musste an mir liegen, dass ich all die Verweise und Bezüge und verborgenen Inhalte nicht sah.

Natürlich habe ich das, was sie sagte, nicht im Wortlaut referiert, das ist zu lange her, aber weil ich oft daran gedacht habe, ist mir der Sinn nicht verloren gegangen. Der Inhalt stimmt.«

Er trank einen Schluck und sprach weiter: »Sie sagte, warten Sie, und schlängelte sich zu dem Tisch mit den Getränken. Von dort kam sie zurück mit zwei Gläsern Champagner, gab mir eins und fragte mich, welche Bilder ich denn kaufen wolle.

Gute Wahl, fand sie dann, als ich auf die Arbeiten deutete. Sie sind ein Kenner, oder?

Nein, sagte ich, nur ein Liebhaber.

Im selben Moment klang mir dieser Satz wie eine dümmliche Anmache im Ohr, und ich hätte ihn am liebsten wieder gelöscht. Das ging nicht. Er war schon gesagt, und sie hatte die Anspielung gehört, die ich gar nicht hatte machen wollen.

Und irgendwie sah sie meinem Gesicht an, dass es mir peinlich war, nahm mir die Verlegenheit und ging mit vollen Segeln auf den Lapsus ein. Sie sagte: Das dachte ich mir schon, als ich Sie vor dem Fenster stehen sah.

Kunstliebhaber, murmelte ich noch verdruckst hinterher, denn mir war ihre souveräne Geste der Entlastung noch gar nicht richtig zu Bewusstsein gekommen, aber sie schüttelte den Kopf. Schon klar, sagte sie, das auch, und lachte mich aus. Ich genoss es. Und war trotzdem verlegen. Das war ein Blitzflirt, wie ich ihn nicht für möglich gehalten hätte.

Natürlich blieb ich, bis alle Gäste sich verkrümelt hatten. Sie versprach dem Maler, später noch ins Restaurant nachzukommen, schloss die Galerie ab, hakte sich bei mir unter und sagte: Ich gehe davon aus, dass Sie nicht in der Jugendherberge wohnen. Dann sagte sie nichts mehr, wir gingen in mein Hotel, und den Rest der Geschichte behalte ich für mich.«

Faller trank einen tiefen Schluck und war irgendwo, in Paris, der Galerie oder seinem Hotelzimmer hinterher, jedenfalls nicht hier in Münster im Gespräch mit seinem Chauffeur. Ich ließ ihn in Ruhe und träumte selbst vor mich hin – stellte mir den Blitzflirt vor mit mir an Fallers Stelle und Agnes in Vertretung seiner Frau.

»Entschuldigen Sie«, sagte er irgendwann in meine Phantastereien hinein, die sich inzwischen zu erschütternd lustvollen Liebesszenen entwickelt hatten.

»Gibt nichts zu entschuldigen«, sagte ich und kehrte mühsam zurück.

»Ich schwärme wie ein kleiner Junge.« Er klang melancholisch oder gar traurig, so als läge diese Erinnerung schon viel zu weit zurück, als dass er sie hätte aufrufen dürfen, oder habe sich in der Zwischenzeit so viel Ungutes darüber gelagert, dass das Abtauchen in diese Tiefen nicht mehr in Ordnung sei. Verboten oder beschämend oder gefährlich.

»Das steht Ihnen gut«, sagte ich, wieder mal, um ihn aufzuheitern, denn wie immer, wenn es düster um ihn wurde, bekam ich eine seltsame, diffuse, mir unerklärliche Angst. Als bestehe die Gefahr, dass er irgendwie abstürzte und ich ihn halten müsste, bevor es so weit käme.

—

Dem Pouillac war noch ein weiterer gefolgt, und auch an dem hatte ich mich zu ausgiebig beteiligt – ich fiel ins Bett, ohne das Buch auch nur noch mal anzusehen. Dass ich mir die Kleider irgendwie vom Leib schaffte, war schon eine Leistung. Einzuschlafen gelang mir dennoch nicht. Die Sommernacht, die Vorstellung von Agnes, die auf einmal so frisch in mir aufleuchtete, Bilder von Paris und der Schwebezustand, in den mich der Wein versetzt hatte – all das ließ mich daliegen und die Schatten im Zimmer für lebendig halten.

Fallers Erzählung war dann doch noch weitergegangen: Dem Blitzflirt folgte eine Blitzverlobung, dann eine Blitzheirat, er zog nach Paris, weil sie ihre aufstrebende Galerie nicht aufgeben oder aus der Ferne betreiben wollte, aber nach knapp drei Jahren war sie von der dortigen Kulturschickeria so angeödet, dass sie alles aufgab und mit ihm zurück nach Köln ging.

Anfangs habe er sie nur bewundert, hatte Faller

gesagt, wegen ihres freien Denkens und offenen Redens, ihres Mutes, ihn einfach so von der Vernissage zu pflücken und in sein Hotelzimmer abzuschleppen, aber schon in dieser ersten Nacht habe er geahnt, dass ihm sein persönliches blaues Wunder geschehen sei, und diese Ahnung habe sich bald als wahr erwiesen. Er wolle gar nicht erst versuchen zu erklären, was genau geschehen sei, aber seit dem Zeitpunkt, von dem an sie sein Leben geteilt habe, sei er so was wie ein ganzer Mensch gewesen. Davor habe es immer zwei Teile von ihm gegeben: Ein Teil, die Möglichkeit, der andere die Wirklichkeit. Sie habe beide gesehen und beide verstanden, und er sei mit sich selbst identisch geworden.

Sicher lag es am Wein, dass mir diese Vorstellung ein wenig theoretisch und kraus vorkam, ob daran, dass ich zu viel getrunken hatte und nicht mehr genug Verstand aufbrachte, oder dass er zu viel getrunken hatte und nur noch verworren dachte – seine Zunge war schwer, als er erzählte, seine Frau habe in Köln wieder eine Galerie eröffnet, und mit zu großen Bewegungen abwinkte, weil er mich des Gedankenlesens verdächtigte und knurrte: »Ich weiß schon. Das ist eine Plattitüde – der Mann hat Geld und die Frau eine Galerie.«

Das Licht im Zimmer bewegte sich. Draußen musste ein leichter Wind gehen, der die Straßenlaterne schwanken und die Schatten im Raum tanzen ließ. Als ich einschlief, war es fast so, als läge Agnes neben mir. Vielleicht umarmte ich sogar das Kissen vom Nebenbett. Und in den Duft der Bettwäsche fügte sich vage der Duft von Ingwer, Patchouli und irgendwelchen Blüten.

—

Der Schlafsaal war für zwölf Personen. Sechs Etagenbetten standen links und rechts eines schlauchförmigen Zimmers, an dessen Fenster unser Bett stand. Ich lag oben, Agnes kletterte zu mir. Drei Schläfer schnarchten, alle anderen lagen still, schutzlos und vertrauensvoll in ihren Betten, es war tief in der Nacht, und das Licht einer Straßenlaterne fiel schräg in den Raum, erhellte mein Bett und das mittlere auf meiner Seite, alles andere versank in tiefem Dunkel. Ich war so gierig wie beschämt, als Agnes sich zuerst ihr Schlaf-T-Shirt, dann das Höschen von der Haut streifte, in meinem Kopf war eine Leuchtschrift mit den Worten: *Die sehen das alle*, diese Leuchtschrift lief von rechts nach links, rot auf schwarzem Grund, immer wieder neu. Ich versuchte, so leise zu sein wie möglich, damit uns keiner der Schlafenden in seine Träume eingemeinden, aber vor allem damit keiner aufwachen würde, doch dann quietschte die Matratze – immer lauter, wie mir schien –, und dazu gesellte sich Agnes' immer tieferes Atmen. Ich selber war auf zwei Arten atemlos. Die eine aus Angst und Peinlichkeit, die andere vor Lust beim Anblick ihres lichtbelegten

Körpers, der sich über mir bewegte. Vielleicht kam sogar noch eine dritte Art hinzu: das Begreifen, dass ich wach war wie nie zuvor in meinem Leben, empfindlich und offen und bereit in uns beiden aufzugehen, zu verschwinden, und dass mir so etwas nie wieder im Leben passieren würde. Wir gebärdeten uns immer wilder, je tiefer wir ineinander verschränkt und entführt waren, und als ich begriff, dass ich kein Schnarchen mehr hörte, dass nunmehr alle aus dem Dunkel unser Schauspiel verfolgten und dass Agnes das nicht nur in Kauf nahm, sondern wollte – sie tanzte diesen exquisiten Tanz für unbekannte Augen und Ohren, zehn Menschen, die wir nie wiedersehen würden, zehn Menschen, von denen jetzt jederzeit einer aufstehen und sich empört oder teilnahmewillig zeigen konnte –, da verlor ich mich in ihr und wusste nicht mehr, ob ich träumte, ob Alb oder Wunsch, Scham oder Triumph, ob ich Lärm in meinem Inneren hörte oder unfassbare Stille.

—

Es war weder Lärm noch Stille, nur das Scheppern eines Fahrrads, das jemand vor dem Hotel vermutlich ein wenig ungeschickt abstellte, ein betrunkener oder sehr müder Mensch, vielleicht ein Angestellter, der sich zur Frühschicht einfand. Es war zehn nach vier. Ich hielt tatsächlich das Kissen umarmt und spürte jetzt, da ich meine Hände davon löste, wie verkrampft sie gewesen waren.

Dieser Schlafsaal war ein Echo aus Fallers Geschichte gewesen, und ich fand mich in einem Gemisch aus Erleichterung und Enttäuschung unter den immer noch tanzenden Schatten in meinem Hotelzimmer wieder. Der Traum hatte mir in einem kleinen Theaterstück mein Problem mit Agnes' unfreiwilligem Exhibitionismus vorgeführt: Die Augen waren auf uns gerichtet gewesen, so wie damals immer, wenn wir uns nicht vor allen versteckt hatten.

Ich wusste, dass ich nicht wieder einschlafen würde, und zog mich an, ging raus durch das stille Hotel, über die leeren Straßen, auf denen mir nur hin und wieder Wagen der Stadtreinigung begegneten, deren Fahrer mich, wie ich glaubte, misstrauisch musterten. Ich landete an einem See, den zu umrunden ich dann aber nicht wagte, weil ich dachte, ein gestörter Penner oder frei laufender Hund könnten mich behelligen.

Ich ging zurück zur Stadt und hörte das leise, aber nervtötend gleichmäßige Quietschen meiner Schritte den Rhythmus zum Gesang der Vögel treten.

Faller musste seine Frau lieben. Nicht nur die Bewunderung für sie, von der er gesprochen hatte, und sein Lob ihres Mutes und ihrer Unabhängigkeit beeindruckten mich – da war auch der Klang in seiner Stimme gewesen: suchend, tastend, vorsichtig und voller Wärme, diese Frau erfüllte ihn. Ihre bloße Existenz war für ihn eine Sensation. Noch immer.

Nach wie vielen Jahren Ehe? Ich wollte versuchen, das herauszufinden.

Aber wie passte diese offenbar große Liebe zu seiner Wohnung? Dort war keine Spur von einer Frau zu sehen gewesen. Zwar hatte ich das Badezimmer nicht inspiziert, aber alles, was mir aufgefallen war, sprach die deutliche Botschaft aus: Hier wohnt ein einzelner Mensch, allein, ohne auf Besucher zu warten, oder sich gar auf sie einzurichten, ein Mensch, der für sich sein will und den Raum, den er um sich gebaut hat, bis zum hintersten Winkel ausfüllt.

War das ein Liebesnest? Ein Büro war es nicht, auch wenn ich im Flur durch eine halb offene Tür einen Schreibtisch mit Computer gesehen hatte, es war eine Wohnung. Eine belebte Wohnung. Auch wenn sie nagelneu war.

Und wenn es ein Liebesnest war, wie erklärte er seiner Frau dann den Umzug der Bibliothek? Die musste sie doch kennen, sie war doch auf ihren Impuls hin entstanden und konnte nicht so einfach aus dem gemeinsamen Haus verschwinden. Und wenn er seine Frau so sehr liebte, wie ich herausgehört zu haben glaubte, wozu brauchte er dann ein Liebesnest? Da passte eins nicht zum andern.

Vielleicht wohnten sie ja getrennt. Jeder in einer Wohnung für sich, ein Lebensstil, den sie sich leisten konnten und mit dem sie ihre Liebe vor allzu viel zermürbender Alltäglichkeit beschützten.

Inzwischen war es nach fünf Uhr, und mir begegneten schon die ersten verschlafenen Frühschichtler, die meisten auf Rädern, aber auch der eine oder andere zu Fuß. Sie schienen mir alle fröhlich. Sie hatten den Morgen, die Stadt, den polierten Anfang dieses Sommertages für sich, zumindest teilten sie das alles nur mit wenigen anderen Privilegierten.

Ich sah drei eiserne Käfige an einer Kirche hängen, und mein Gefühl des Privilegiertseins verflog augenblicklich wieder. Ich erinnerte mich, irgendwann gelesen oder gehört zu haben, dass in diesen Käfigen die Leichen besiegter Wiedertäufer ausgestellt gewesen waren, zur allgemeinen Belustigung der Bevölkerung. Ob es mit dem Westfälischen Frieden oder sonstwie dem Ende des Dreißigjährigen Krieges zu tun hatte, wusste ich nicht mehr.

—

»Es gibt im Taschenbuch noch zwei von Carofiglio«, sagte die Buchhändlerin, die ich nach einigem Suchen in dem riesigen Laden wiedergefunden hatte, »aber beide sind grad ausverkauft, kommen erst Morgen früh wieder. So was, schon zum zweiten Mal habe ich das Buch nicht, das Sie wollen.«

»Dann vielleicht was Neues von Peter Stamm oder Barbara Honigmann. Oder haben Sie noch eine Empfehlung für mich?«

»Falls Sie Steve Tesich nicht kennen sollten, hätte ich noch eine, ja.«

»Her damit. Ich vertraue Ihnen blind.«

»Und ich freue mich über solche Kunden«, sagte

sie und ging zum Regal, um mir drei Bücher herauszuholen. *An einem Tag wie diesem* von Peter Stamm, *Damals, dann und danach* von Barbara Honigmann, und *Abspann* von Steve Tesich, dessen Namen ich bisher noch nie gesehen oder gehört hatte. Ich nahm sie alle drei, denn ich fühlte mich auf einmal reich. Die dreihundert Euro in meiner Hosentasche waren noch unangetastet und die tausend in meinem Jackett erst recht.

»Wenn Sie auch ein Hardcover wollten, würde ich Ihnen noch *Taxi* von Karen Duve empfehlen, aber mit diesen dreien sind Sie erst mal versorgt. Und Carofiglio wartet ja auch noch«, sagte sie und brachte den kleinen Stapel zur Kasse. »Hat mich gefreut, mit Ihnen Geschäfte zu machen.«

»Das ist aus einem Film, oder?«

»Gangsterfilm, ja«, sie lachte, »aber ich weiß nicht mehr, welcher. Es stimmt trotzdem.«

Sie winkte mir aus allernächster Nähe, ein kleines Winken, nur ein Wackeln mit der Hand, und ließ mich dann mit der Kassiererin alleine.

Mit Faller war ich für ein Uhr verabredet. Ich hatte geschlafen bis nach zehn und war gar nicht erst in den Frühstücksraum gegangen. Jetzt blieben noch eineinhalb Stunden, die ich mit Schlendern, Sandwich und Schaufenstern von Handyläden herumbrachte. Ich schlug wohlweislich keins der Bücher auf, denn ich rechnete damit, mich wieder festzulesen.

—

»Sind Sie eifersüchtig?«, fragte Faller, direkt nachdem wir eingestiegen waren und während ich mich noch zwischen den Radler-Insekten hindurchzulavieren mühte. Als hätte er nur darauf gewartet, endlich das Gespräch von gestern Abend fortzusetzen.

»Ist das nicht jeder?«, fragte ich zurück.

»Die Menschen sind verschieden«, sagte er, »es müsste auch welche geben, die es nicht sind.« Er machte eine kurze Pause, wartete wohl, ob ich mich melden würde, fuhr dann aber fort: »Ich hatte gehofft, Sie wären vielleicht so einer und könnten mir erklären, wie das geht.«

Ich schwieg und sah bedauernd nach vorn auf die Straße, bis er sich wieder meldete: »Sie schließen jetzt messerscharf daraus, dass ich eifersüchtig bin.«

»Ja. Und nach einer Geschichte klingt es auch«, sagte ich, »wenn auch nach einer traurigen.«

Er wisse, dass es nicht in Ordnung sei, und wünschte, er hätte es einfach abschalten können, aber es sei ihm nicht gelungen, erzählte er. Nach dem Neid und der Missgunst sei Eifersucht das kleinlichste und hässlichste der Gefühle, es verdiene nicht, ausgerechnet im Zusammenhang mit Liebe zu existieren, und doch sei es da, beschäme und erniedrige einen selbst, wenn man den Menschen, den man liebt, nicht lieben lassen könne, aber da sei kein Knopf zu finden gewesen, um es abzuschalten, auch wenn er mit verzweifelter Energie danach gesucht habe.

»Vertragen Sie eine Plattitüde?«, fragte ich.

»Klar, her damit. Ich werde auch nicht meckern«, versprach er.

»Viel Licht, viel Schatten.«

»Sicher. Logisch. Trotzdem bitter«, sagte er, »und ich mochte den Mann auch noch. Das hat das Ganze erst recht kompliziert. Ich konnte ihn noch nicht mal schlechtmachen, zum Arsch erklären, verhöhnen oder verachten. Das tut man seltsamerweise, obwohl es absurd ist, denn wenn die Frau, die man liebt, einen anderen liebt, dann müsste das doch *für* diesen anderen sprechen, nicht gegen ihn. Es liefe sonst auf Verachtung der Frau raus. Auf einmal soll sie so geschmacklos sein, einen Kretin zu lieben, wo sie eben noch die Größe hatte, mich zu lieben. Furchtbar. Lächerlich. Blöd.«

»Der Maler?«, fragte ich, da er schwieg und mit der rechten Hand an seinem linken Mittelfinger zupfte.

Ich musste mich aufs Abbiegen konzentrieren – schon wieder Richtung Dortmund – und war kurz abgelenkt. Als mir auffiel, dass er nicht geantwortet hatte, sah ich zu ihm hin. Er starrte mich an.

»Wie kommen Sie da drauf?«

»Keine Ahnung. Einfach so.«

»Jetzt haben Sie den Bogen raus. Willkommen im Klub der Gedankenleser«, sagte er.

»Vielleicht habe ich aus Ihrer Erzählung gestern Abend, ohne es zu merken, die Erkenntnis rausgezogen, dass Ihre Frau diesen Maler gut kannte. Vielleicht hat sie ihn deshalb so gut verstanden und kannte seine Absichten so genau. Vielleicht hat sie nur für ihn gesprochen und nicht für die Maler im Allgemeinen.«

»Recht hatte sie trotzdem«, sagte Faller, »das lass ich mir nicht nehmen.«

»Will ich auch nicht«, sagte ich, »und Ihre Geschichte unterbrechen wollte ich auch nicht.«

Er sprach weiter: Sie habe diesen Maler eine Zeit lang exklusiv vertreten und ihn mit Leidenschaft gefördert. Vielleicht sei er sogar der Grund gewesen, aus dem sie in Paris die Galerie eröffnet hatte, jedenfalls sei der Maler ein alter Freund von ihr gewesen, den sie praktisch in die Ehe mit eingebracht hatte, und er sei schnell ein gemeinsamer Freund geworden. Irgendwann aber habe sich der Ton geändert, wenn man über diesen Mann sprach. Seine Frau wechselte entweder das Thema, oder zeigte sich kürzer angebunden als zuvor. Und später, nach einer Reise wie dieser, die er einige Male im Jahr unternommen habe, sei sie vor ihm gestanden und habe im Ton des Erstaunens und der Erschütterung gesagt, zwischen ihr und Felix, so heiße der Maler, habe der Blitz eingeschlagen, und sie wolle ihn weder belügen noch hintergehen noch verlassen noch verletzen, aber es sei geschehen, und sie wisse nicht, was tun.

»Tja«, sagte Faller jetzt und hatte wieder begonnen, an seinem Mittelfinger zu zupfen, »ich wusste es auch nicht. Es war einfach scheiße und nicht zu ändern.«

»War es auszuhalten?«

»Ja, ich musste ja. Ich konnte doch nicht wollen, dass sie unglücklich ist.«

»Da waren Sie lieber selbst unglücklich.«

»Falls Sie das jetzt irgendwie als Heldentum hinstellen wollen, mach ich da nicht mit«, sagte er, »das ist kein Heldentum. Das ist so schwach und feige wie jede andere Variante. Aber es war eben die Variante, die für mich als einzige infrage kam.«

Er hatte nicht recht. Es war nicht feige. Aber ich stritt nicht mit ihm. Ich wollte zuhören.

»Ging es lange?«

»Fast ein Jahr. Dann kam sie zu mir zurück.«

»Sie war zu ihm gezogen?«

»Eine Zeit lang, ja. Sie sah mir an, dass ich nicht damit zurechtkam, wenn sie immer ein paar Tage zu ihm fuhr oder eine Woche mit ihm verreiste – es war eine Tortur, sie hinterher wieder zu begrüßen und so zu tun, als wäre unser gemeinsames Leben unberührt geblieben und könne einfach fortgesetzt werden. Das ging nicht, obwohl wir es beide versuchten. Wir schämten uns voreinander. Sie, weil sie mich verletzte, ich, weil ich es nicht verbergen konnte.«

Er schwieg wieder eine Weile. Inzwischen waren wir wieder auf der Autobahn und flogen zügig an der langen Reihe von Lastwagen und Bussen vorüber, deren Aufschriften ich jede einzeln las, weil ich nicht anders kann. Ich muss immer lesen, was irgendwo geschrieben steht: *Golem-Karlovy Vary, Max-Logistik, Arte e Musica – Reisen mit Niveau, Gerloff – die internationale Spedition.*

»Sie sind mutig«, sagte ich irgendwann und wusste nicht, wieso ich das sagte. Es kam einfach so aus mir heraus, ohne dass ich es vorher gedacht hatte.

»Wieso das denn?«

»Eifersucht, Liebe, das sind nicht direkt Themen fürs typische Männergespräch«, sagte ich, »schon gar nicht, wenn man sich erst ein paar Tage kennt. Männer stellen sich doch eher stark dar, nicht schwach.«

Er lächelte: »Aber unter uns Gedankenlesern kann man schon auch mal ans Eingemachte, oder? Außerdem glaube ich das nicht. Wir stellen uns genauso dar, wie wir sind, wenn wir den Gesprächspartner haben, dem wir vertrauen.«

»Sie vertrauen mir?«

»Ja. Weiß auch nicht, warum. Ist aber so.«

»Danke«, sagte ich. Das klang verlegen. Ich hörte es, er hörte es, und keiner von uns brachte es zur Sprache. Wieso auch. Wir wussten sicher beide, dass diese unerwartete Vertrautheit nur einen Moment lang dauern würde, dann wäre wieder normales Inruhelassen angesagt.

Hatte er diese Wohnung zu der Zeit bezogen, als seine Frau bei dem anderen gewesen war? Als Fluchtort? Um irgendwo in Deckung zu sein und nicht von jedem Gegenstand auf sie, die Abwesende, aufmerksam gemacht zu werden? Oder wollte er sich einfach beweisen, dass er es auch alleine aushalten würde. Oder dafür üben, falls es dazu käme.

»Hätte Ihre Frau das auch für Sie getan?«

»Was meinen Sie? Geduld zu haben, es auszuhalten, abzuwarten?«

»Ja.«

»Ich weiß es nicht. Ich hoffe. Aber ich weiß es

nicht. Und ich bin froh, dass ich's nicht herausfinden musste.«

Das war eine seltsame Aussage. Wieso war er froh darüber, keine Affäre gehabt zu haben? Nur weil es seine Frau vielleicht verletzt hätte? Obwohl sie sich selbst einen Geliebten herausgenommen hatte? Ich versuchte, meine Gedanken zu stoppen – die wären sicher wieder lesbar gewesen. Und tatsächlich:

»Unverständliche Aussage?«, fragte er.

»Ja. Fällt mir schwer, sie nachzuvollziehen.«

»Mir lag einfach nichts daran, so zu tun, als wäre meine Frau ersetzbar. Schon der Versuch wäre mir mies und geizig und strohdumm vorgekommen.«

Er schwieg eine Weile.

»Und das bisschen körperliche Vergnügen wäre den trotzigen Akt nicht wert gewesen.«

»Es hätte doch nicht nur ein bisschen sein müssen«, sagte ich, »es hätte doch auch großartig sein können.«

Er schüttelte den Kopf.

Ich sah ihn fragend an.

»Wenn Sie aus diesem Jaguar hier aussteigen und mit einem Golf weiterfahren«, sagte er, »dann bekommen Sie in etwa eine Vorstellung davon, was ich von einer anderen Frau hätte erwarten können.«

»Wow«, sagte ich.

»Themawechsel«, sagte er.

—

Aber wir hatten kein neues Thema aufgegriffen, waren an Kamen, Unna und Schwerte vorbeigezogen, hatten die Autobahn gewechselt und die A 45 nach Süden genommen, vorbei am Bergischen Land, an Lüdenscheid, an Olpe und fuhren durch das düstere Siegerland mit seinen schiefergrauen Dächern, weißen Häusern und dichten Wäldern. Hier konnte man sich Deutschland noch dünn besiedelt vorstellen. Die Orte hatten etwas Geducktes, Deprimiertes, wirkten wie zum Schutz vor einer feindseligen Natur erbaut und so, als lägen sie den ganzen Tag im Schatten. Das war natürlich Unsinn – hier scheint die Sonne so lange wie anderswo –, dennoch sah alles schwer aus, nach Mühsal und Last, als habe Calvin hier noch immer das Sagen und wären Erlösung, Heiterkeit, Karneval oder Tanz nicht vorgesehen.

Mir war schon klar, dass ich das alles nur in die Gegend hineindachte, weil sie mir eben trist vorkam, aber ich hatte Zeit fürs Spekulieren, weil Faller schwieg und zu träumen schien. Er zupfte nicht an seinem Finger.

Warum erzählte er solche intimen Dinge? Und warum mir? Konnte es wirklich sein, dass er einsam war? Mit dieser Lebenslust und Offenheit, seiner Wirkung auf Frauen, all dem Geld und seinem gewinnenden Wesen? Eigentlich nicht. Überdies hatte er eine Frau, die er mit Hingabe liebte, dessen war ich mir inzwischen sicher – oder zweifelte er an dieser Liebe? Wollte sie beschwören, indem er sie erzählte? Festhalten? Sich selbst davon überzeugen?

In einem Film würde so etwas vielleicht auf ein Geständnis rauslaufen. Am Ende der Geschichte erführe ich, dass er in Wirklichkeit mein Vater war und seine Erzählungen allesamt dem Zweck gedient hatten, mir zu erklären, warum er mich als Kind verlassen musste. Das würde sogar zu meinem Kindertraum vom verwechselten Prinzen passen. Nur leider sah mir mein Bruder sehr ähnlich, hatten wir beide Nase und Stirn von unserem Vater und hatte meine Mutter eine lückenlose Kleinstadtbiografie, in der keine Auszeit vorkam. Und schon gar nicht eine reuige Rückkehr mit zwei Knaben an der Hand. Es gab außerdem Fotos mit unserem Vater, der mich und meinen Bruder als Babys im Arm hält.

Faller wollte erzählen, das war auffällig. Das Muster war jeden Tag gleich: Er stieg ein, stellte eine Frage, deren Antwort ihm nur als Stichwort diente, und fing dann mit seiner Geschichte an. Egal, wieso auch immer – ich würde schon erfahren, wenn diese Selbstentblößungen auf irgendwas hinauslaufen sollten. Ich musste nur weiterfahren und abwarten.

Wir näherten uns Dillenburg, als er endlich wieder sprach: »Haben Sie Lust auf ein Spiel?«

»Verlier ich Geld dabei?«

»Nein«, er lachte, »man verliert überhaupt nicht. Ist eigentlich kein Spiel, eher so was wie ein Zeitvertreib.«

»Okay. Gern.«

»Man muss immer fünf zusammenbringen. Fünf Personen, Bilder, Gebäude, Automodelle, Offiziersränge, was auch immer, egal, wonach der andere fragt, es geht darum, fünf verschiedene zu wissen.«

»Fünf Friseure?«

Er lachte. Schon wieder so laut, dass ich Mühe hatte, nicht das Gesicht zu verziehen. Ich sollte keine Witze machen. Das tat weh. Und kostete vielleicht ein Trommelfell.

»Sie fangen an«, sagte er, als er sich wieder eingekriegt hatte.

»Mit Aufsagen oder mit Fragen.«

»Fragen. Das Aufsagen ist die Aufgabe. Die Frage das Privileg.«

»Gut. Architekten. Zeitgenossen oder wenigstens zwanzigstes Jahrhundert. Kein Michelangelo.«

»Renzo Piano, Daniel Libeskind, Helmut Jahn, Otto Wagner und Norman Foster.«

»Respekt«, sagte ich, »wer ist Otto Wagner?«

»Jugendstil, das Postamt in Wien. Und die blumigen U-Bahn-Stationen am Karlsplatz und … weiß nicht, wo die andere steht. Und jetzt Sie: Fünf Familienromane.«

»*Buddenbrooks*, *Abendland* von Köhlmeier, *Die Mittagsfrau* von Julia Franck, *Hotel New Hampshire* von Irving und … ich wusste nicht mehr weiter. Ich suchte eine Weile in meinem Kopf herum, aber fand nichts mehr. Ich gab auf. »Alle. Leider. Mir fällt kein fünfter ein.«

»Vier sind schon gut«, sagte er, »meistens weiß man eins oder zwei, selten mehr, fast nie fünf. Das ist ja der Witz dabei.«

»Autodesigner«, verlangte ich.

»Pininfarina, Giugiaro, Ghia, Bangle, Sacco.« Er grinste zufrieden.

»Giugiaro? Wer ist das?«

Alles was irgendwie nach Kasten aussieht. Der erste Golf, der erste Fiat Panda, der erste Audi achtzig auch glaube ich. Aber nicht nur die Schachteln, er hat unglaublich viele Autos gezeichnet, auch sehr schöne.

»Und Bangle?«

»Bis vor Kurzem BMW. Aber jetzt müssen Sie mit Nachfragen aufhören. Von Sacco weiß ich nur, dass er bei Mercedes war.

»Ich bin beeindruckt«, sagte ich.

»Fünf surrealistische Maler«, bestellte er.

»Dalí, Ernst, Delvaux, Tanguy, Miró – uff, das war knapp, mehr wüsste ich nicht, und Sie müssen eventuell mit Delvaux und Miró gnädig sein. Ich weiß nicht, ob die überhaupt zu den Surrealisten zählen.«

»Magritte hätten Sie noch nehmen können.«

»Ja klar. War weg«, sagte ich.

»Trotzdem klasse«, sagte er. »Fünf aus der Renaissance.«

»Leonardo, Botticelli, Bellini – den haben Sie mir geliefert – Michelangelo … und Ende. Mehr fallen mir nicht ein. Doch: Raffael natürlich. Jetzt Sie mit Barock.«

»Tiepolo, Rubens, Rembrandt, Caravaggio, Hals …, ich fürchte, das ist zu leicht.« Er zog seine Jacke aus und warf sie auf den Rücksitz, als wäre er beim Nachdenken ins Schwitzen gekommen. »Wir müssen unsere Steckenpferdweiden verlassen und was Schwierigeres finden.«

»Friseure«, sagte ich und biss mir sofort auf die Zunge, denn wieder lachte er so grauenhaft laut, dass ich dachte, es drückt uns die Scheiben raus.

»Schwule Friseure«, ergänzte er.

»Das soll schwerer sein?«

»Na gut, dann Traktormarken.«

»Da fällt mir keine einzige ein. Ich bin in der Stadt aufgewachsen.«

»Passagierschiffe?«

»Titanic, Queen Elisabeth, Wilhelm Gustloff … aus. Alle.«

»Eine Queen legen Sie noch nach«, er lächelte, »nein?«

»Mary?«

Mit diesem Spiel kamen wir bis Marburg, ohne zu merken, dass die Zeit verging. Wir grübelten über Comiczeichner nach, über Diktatoren, Attentäter, Modeschöpfer, Filmregisseure, Komiker, Waffenfabriken, Generäle, französische Präsidenten, italienische Nudelmarken und englische Romanciers. Als ich den Wagen abstellte und meine Tür öffnete, stellte ich ihm die letzte Aufgabe: »Fünf nichtschwule Friseure.«

—

Ich war so schnell gefahren, dass mir die Umgebung, Lobby, Hotelflur, Zimmer, noch immer im Augenwinkel wegzuhuschen schien. Faller hatte für uns zwei nebeneinander liegende Suiten genommen, das Gepäck in seine gebracht und war mit einem Blick auf seine Armbanduhr losgezogen. Wir wollten uns abends wieder zum Essen treffen. Er würde sich melden, wenn er den Zeitpunkt absehen konnte.

Ich hatte zwar Hunger, aber ich setzte mich in einen der Sessel, legte die drei neu eroberten Bücher auf das Tischchen und wartete, dass meine Seele nachkommen würde.

Vielleicht war es nicht die Seele, auf die ich warten musste, nach und nach kamen meine Gedanken bei mir an – ich hatte während unseres Spiels immer wieder Agnes vor Augen gehabt. Die Agnes aus meinem Traum letzte Nacht, und seltsamerweise nicht so, wie ich sie geträumt hatte, sondern so, wie sie einer der anderen Gäste im Schlafsaal gesehen haben konnte. Ich sah ihren nackten Rücken, sah sie sich bewegen im blassen Licht und hatte ein ziehendes kleines Gefühl dabei, fast wie ein Schmerz, und ich hätte es für einen Anflug von Sehnsucht gehalten, wäre mir deren Möglichkeit nicht ausgeschlossen erschienen. Ich kannte Agnes nicht mehr. Die, von der ich geträumt hatte, war nicht die wirkliche Agnes, nur eine Figur, die aus Fallers Erzählungen in meinen Traum gewandert und dort wie ein Fabelwesen aufgetreten war. In die echte Agnes war ich damals allenfalls verliebt gewesen, vielleicht auch einfach nur scharf auf sie, eine solche Liebe, wie sie mir jetzt aus Fallers Erzählung und Tonlage entgegenkam, hatte ich nie erlebt. Nicht mit Agnes und nicht seither. Auch wenn ich mir das jetzt gern eingebildet hätte. Vermutlich wusste ich überhaupt nicht, wie das ist, jemanden zu lieben – vielleicht würde es mir nie passieren – dass ich jetzt das Bild von Agnes in diese Lücke manövrierte, lag nur daran, dass mir durch Fallers Leidenschaft meine eigene Mittelmäßigkeit und Leere vor Augen geführt worden waren.

Ich lebte anderswo. Nicht im eigenen Leben. In Büchern, in der Fiktion von Leben, ohne Risiko, in Deckung, ohne wirklich verletzt werden zu können. Wenn ich ein Buch zuschlug, konnte ich zurück in mein Gleichmaß und lief nicht Gefahr, aus dem Gleis zu geraten.

Ich begriff, dass ich Glück hatte, diesem Mann begegnet zu sein. Er war anders. Er füllte seine Konturen aus. Auf einem Bild von Michelangelo wäre er eine dieser farbigen, muskulösen Gestalten, die mit großer Geste etwas bewegen oder festhalten, zurückweisen oder schützen – ich dagegen wäre jemand, der von irgendwoher ins Bild linst, als frage er schüchtern an, ob er eventuell dazustoßen dürfe, einer, der eine Kerze hält, damit ein anderer was sieht, oder gar nur ein vager Umriss, eine Skizze, mit Kohle hingeworfen, hier und da ein paar schnelle Schraffuren zur flüchtigen Andeutung von Körperlichkeit, ein Vorschlag, den der Maler sich selbst machte, zur späteren Verwendung, den er jederzeit wieder verwerfen konnte, indem er die Stelle neu grundierte und übermalte. Faller lebte. Ich bewunderte ihn. Ich hätte ihn gern als Vater gehabt.

—

Es würde wieder auf irgendein Sandwich rauslaufen, das war mir klar, als ich rausging. Ich hatte einfach keine Lust, irgendwo auf eine Tischdecke zu starren und mir allerlei Umständlichkeit antun zu lassen, nur um satt zu werden. Und diese hübsche alte Stadt mit ihrem mittelalterlichen Charme wollte erkundet und besichtigt werden. Ich nahm kein Buch mit.

Man sollte in einer Universitätsstadt wohnen. An den hessischen Dialekt müsste ich mich erst noch gewöhnen, er klang mir nicht gerade melodisch im Ohr, aber seltsamer als der in Köln war er auch nicht – hier plätscherte er etwas eintöniger als dort, weil die Kölner jedes zweite Wort singen oder als Frage aussprechen, aber das würde man ebenso lernen wie das Bayrische in Passau oder Schwäbische in Tübingen.

Man hält sich selbst so lange für jung, bis man eigene Kinder aufzieht oder in Städte wie diese kommt. Hier wird einem schnell klar, dass alles gewechselt hat: die Musik, die Mode, das Weltbild. Junge Männer tragen quer in die Stirn gekämmte und irgendwie festgeklebte Ponyfrisuren bis zu den

Augenbrauen, aus ihren iPods näselt ein eintöniger, blecherner Gitarrenbrei, wen sie für gut oder böse halten, konnte ich nicht raten, es war mir auch egal, aber sicher waren es nicht mehr die Feindbilder, von denen Faller erzählt hatte, das Establishment oder das System, und es waren auch nicht mehr die meiner Jugend: Leute in Fallers Alter, die sich was auf ihren juvenilen Achtundsechziger-Aufruhr einbildeten und die Welt zu retten glaubten, indem sie Müll trennten, Wasser sparten, ein französisches Auto fuhren und ihre Urlaubsdomizile ins Landesinnere verlegt hatten. Vielleicht waren es schon Leute wie ich? Die sich noch für jung hielten und störend herumstanden, wo man sie nicht mehr brauchen konnte?

Im Schaufenster eines Spielzeugladens sah ich unter Gruselfigürchen, Drachen, Dinosauriern, großbusigen Feen, Barbaren und Indianern eine kleine Schimmelstute mit Fohlen und kaufte sie für Kati. Sie waren wirklich hübsch, aus Kunststoff zwar, aber schwer wie Alabaster, und ich hätte sie für mich selbst gewollt, wenn ich mir nicht automatisch bei ihrem Anblick Katis glänzende Augen dazu vorgestellt hätte. Irgendein Plätzchen dafür musste sie noch frei räumen können.

Natürlich landete ich nach kurzer Zeit wieder in einer Buchhandlung, wo ich die beiden fehlenden Carofiglios kaufte und das Gefühl genoss, reich zu sein. Gerüstet für das Leben nach dieser Reise, oder, falls sie noch länger andauern sollte, für jeden faden Regennachmittag. Ich hatte Faller nicht danach gefragt, wusste nicht, wie viele Städte wir noch anfahren würden, aber da wir von Norden nach Süden unterwegs waren, rechnete ich mit Heidelberg als unserem nächsten Ziel.

Ich fuhr in der Buchhandlung mit einem Aufzug in die Oberstadt, ging von dort einen steilen Weg zum Schloss, sah mir von oben die Dachlandschaft an, mogelte mich in eine Reisegruppe, deren Führer von Ludowingern, der Landgrafschaft Hessen und Philipp dem Großmütigen erzählte, bog aber wieder ab, als sie ins Innere des Schlosses gehen sollten, weil ich mir auf einmal wie ein Schnorrer vorkam.

Der Himmel war bedeckt, und jetzt kam böiger Wind auf, ich war zu leicht angezogen, also machte ich mich wieder auf den Weg nach unten und bemerkte, weil der Weg so holprig war, das Pflaster mit Steinen aus den verschiedensten Zeiten geflickt, deren älteste gespalten und gesplittert waren wie Schiefer.

Im Hotel legte ich die Carofiglio-Bücher zu den anderen und wusste nicht, welches ich als erstes aufschlagen sollte. Bevor ich noch zu einem Entschluss hätte kommen können, war ich eingeschlafen, und das Klingeln meines Handys war das Nächste, was ich mitbekam.

—

Er wartete vor dem Hotel auf mich, und wir gingen zu einem der Aufzüge in die Oberstadt und dort zu einem sehr deutsch und gutbürgerlich wirkenden Restaurant, wo wir uns auf die Terrasse setzten. Faller warf einen skeptischen Blick in den grauen Himmel und sagte: »Wenn's regnet, müssen wir halt umdenken.«

»Schaffen wir«, sagte ich.

»Marius?« Eine Frau stand vom Nebentisch auf und strahlte übers ganze Gesicht. »Was machst du denn hier?«

»Hallo Sunny«, Faller stand ebenfalls auf, um sie in die Arme zu nehmen. Ich konnte sein Gesicht nicht sehen und wusste nicht, ob er nur höflich oder wirklich erfreut war. Er stellte mich vor: »Das ist mein Freund …« Er stockte – wusste meinen Vornamen nicht – ich sprang in die Bresche: »Alexander.«

Er nahm den Satz einfach wieder auf: »Alexander fährt mich durch die Gegend, weil ich den Lappen los bin.«

Ich schüttelte der Dame die Hand, sie sah mir in die Augen und sagte, sie freue sich, winkte entschuldigend zu ihren beiden Tischnachbarinnen und setzte sich auf Fallers Einladung an unseren Tisch.

Ich war Zaungast. Die beiden kannten sich aus der Göttinger Zeit, sie hatten zusammen in der besagten Wohngemeinschaft gelebt und trafen sich jetzt nach fast vierzig Jahren wieder. Aus der Art, wie sie miteinander sprachen, schloss ich, dass diese Sunny nicht wusste, dass ihm das Haus gehört hatte.

Er hielt sich bedeckt, stellte immer wieder Fragen nach ihrem Werdegang, um von sich selbst abzulenken, und antwortete vage und ausweichend, wenn sie ihn etwas fragte.

Er war geschickt. Die meisten Leute reden nur zu gern von sich selbst, und wenn man ihnen die Gelegenheit dazu gibt, dann finden sie kein Ende. Sunny betrieb einen Campingplatz an der Ardèche zusammen mit ihrem zweiten Mann, den ersten hatte sie verlassen, weil er stumpfsinnig gewesen sei, sie habe zwar ihre Promotion damals noch durchgezogen, aber dann sei das Kind gekommen. Der Junge sei jetzt in Amerika und baue dort Anlagen für Asea Brown Boveri – es ging ohne Interpunktion so weiter, wir bestellten unser Essen, sie erzählte von zwei anderen Mitbewohnern, mit denen sie nach ihrem Auszug aus der Gartenstraße die erste Göttinger Kommune gegründet hatte, wir bekamen unser Essen, sie erzählte von einem Paar, an das sich Faller auch noch erinnern müsse – der Mann hatte die Frau im Urlaub vom Boot gestoßen und war weitergefahren, saß jetzt im Gefängnis, weil sie überlebt und ihn angezeigt hatte, wir aßen unser Essen, sie schimpfte über die Bürokratie in Deutschland und erzählte, dass sie vor drei Tagen ihren Vater hier in Marburg beerdigt hatte, der Kellner trug ab, und Faller steckte sich eine Zigarre an, sie kam in verkrampft ironischem Ton auf die Gefahren des Rauchens zu sprechen, Faller verlangte die Rechnung, und sie erzählte von den schlampigen Franzosen und der Rücksichtslosigkeit der Gäste überhaupt,

Faller bezahlte, und sie schloss sich endlich ihren beiden ungeduldigen, vernachlässigten Gefährtinnen an und sagte, das sei nett gewesen. Man solle sich öfter mal wieder treffen. Sie gab Faller ihre Karte, lud ihn ein an die Ardèche und bezahlte ihre Rechnung im Stehen.

Als die drei gegangen waren, hörte sich das ganz normale Restaurant-Terrassen-Leben mit seinem Geklapper, Geplauder und gelegentlichen Gelächter an wie Stille. Faller sah erschöpft aus.

»Haben wir jetzt einen Hörsturz?«, fragte er.

»Was?«

Er lachte. Alle drehten sich nach uns um. Das war mir peinlich.

»Das war Pech«, sagte er dann, »tut mir leid.«

»War doch interessant.«

»Nein, das war's doch eher nicht. Sie sagen das nur aus Höflichkeit. Das ist nett von Ihnen, aber muss nicht sein.«

»Jetzt weiß ich aber, dass die Franzosen Schlamper sind.«

Er lachte wieder.

»Ich war mal verrückt nach ihr«, sagte er jetzt mit einem Kopfschütteln, »ich fand sie brillant und unglaublich aufregend. Und jetzt trägt sie eine Perlenkette auf dem Pullover, einen Rentnerhaarschnitt und hat ihren Doktor in Romanistik gemacht, um ein Kind zu kriegen und einen Campingplatz zu schmeißen.«

»Für mich klingt das nach einer ziemlich normalen Biografie«, sagte ich.

»Dann ist es eben ganz normaler Diebstahl«, fand er, »ein Studium ist teuer, die Gesellschaft schenkt es ihr, und sie gibt nichts zurück. Es hat was Unanständiges, finde ich.«

»Ist das nicht ein bisschen frauenfeindlich?«

»Wieso das denn?«

»Soll sie nicht studieren, weil sie schwanger werden könnte?«

»Sie soll was zurückgeben. Wenn sie einfach die Ausbildung konsumiert und sich dann zurückzieht, dann soll sie wenigstens später im Leben ein qualifiziertes Ehrenamt übernehmen, ein Tutorium an der Uni oder Deutsch für Ausländer, oder was weiß ich.«

»Ihre Idee ist möglicherweise ein bisschen weltfremd«, sagte ich. Wir waren inzwischen draußen und auf dem Weg zum Hotel. Es war kühl, und wir gingen schnell.

»Möglicherweise, ja. Aber von einer Einigung all der Fürstentümer, die irgendwann mal zu Deutschland wurden, hat man auch erst mal nur spintisiert. Einen Fall der Mauer hätte kein Mensch für möglich gehalten, und trotzdem ist er eingetreten, der Flug zum Mond war auch mal nur ein Hirnfurz.«

Sein Handy klingelte, bevor ich antworten konnte. Er ging ein paar Schritte weg von mir und sprach leise hinein, dann steckte er es in die Tasche, kam zurück und sagte: »Sie müssen mich für den Rest des Abends entschuldigen, ich treffe noch jemanden. Wir sehn uns morgen.«

Er bog ab, ich ging alleine zum Aufzug und zum

Hotel, auf mein Zimmer, wo ich jedes der Bücher in die Hand nahm und mich schließlich für das von Steve Tesich entschied. Ihn kannte ich nicht, war deshalb ohne Erwartungen und riskierte nicht, diese Erwartungen enttäuscht zu sehen.

Das Buch fing zwar sehr seltsam an – da wurde die Aussprache rumänischer Namen diskutiert, aber dann erwischte es mich mit Macht, und ich unterbrach erst nach einer Stunde, um mir ein Glas Wein zu holen, dann las ich weiter, bis irgendwann von nebenan Stimmen zu hören waren, die eines Mannes und die einer Frau, aber das registrierte ich nur noch am Rande, weil mir die Augen zufielen und ich es gerade noch schaffte, das Buch wegzulegen und mich nach hinten fallen zu lassen.

—

Ich wachte auf und brauchte eine Weile, um mich zurechtzufinden. Als ich dann das Zimmer im farblosen Licht erkannte und mich in Marburg wusste, sah ich eine Perlenkette auf einem Pullover vor mir – ich musste davon geträumt haben. Und irgendetwas daran hatte sich mit Agnes verbunden.

Nebenan rauschte die Spülung.

Und auf einmal wusste ich, wie die Kette mit Agnes zusammenhing. Sie hatte mir in Cadaqués gesagt, Schmuck müsse auf Haut sein, nirgendwo sonst. Ich hatte bei einem Straßenhändler eine Brosche gesehen, billig, vielleicht zehn Mark, wenn man die Peseten umrechnete, ich wollte ihr diese Brosche schenken, und sie lehnte ab. Schmuck hat nichts auf Stoff verloren, sagte sie, Schmuck gehört auf Haut. Ich schlief wieder ein.

—

Vor meiner Tür lag ein Zettel: *Lieber Alexander, ich muss Sie einen Tag lang sich selbst überlassen, hoffe, Sie sind mir nicht böse deswegen und haben nichts gegen einen freien Tag in Marburg. Morgen nach dem Frühstück können wir los. Gruß M. Faller.*

Im ersten Augenblick wollte ich beleidigt sein, mich herumgeschubst fühlen, aber dann fiel mir ein, dass ich so den ganzen Tag lesen konnte, und ich ließ die Gelegenheit, mich als meckernden Untertanen auszuprobieren, vergnügt wieder sausen, ging zurück in mein Zimmer, nahm das Buch vom Boden, wohin ich es nachts hatte fallen lassen, ging zum Frühstücksraum und blieb sitzen, bis man mich mit allzu deutlicher Aufräumenergie vertrieb.

—

Ich hatte keine Augen für die Stadt, suchte nur eilig nach einem Café mit Stühlen im Schatten, wo ich weiterlesen konnte, und bestellte, nur um nicht vertrieben zu werden, einen Cappuccino nach dem anderen. Die Geschichte war mit grandiosem Sarkasmus erzählt, und ich musste hin und wieder lachen, obwohl sich nach und nach ein immer stärkeres Gefühl in mir breitmachte, von dem ich nicht hätte sagen können, ob es Trauer, Erschütterung oder Ohnmacht war. Irgendwann, inmitten der schläfrigen Siesta-Atmosphäre legte ich das Buch zur Seite, weil ich eine Pause brauchte.

Es lag vielleicht am Anblick der schönen Frauen vorgestern, an Fallers Schwärmerei, an meinem Traum oder an der Liebe, die jetzt auch in diesem Buch auftauchte, alles an sich riss, den Rest der Handlung zu Ouvertüre und Beiwerk degradierte und mich nicht nur fesselte, sondern ganz und gar zu betreffen schien – auf einmal war Agnes so lebendig und nah, dass es mir vorkam, als wäre sie vor einer Woche erst nach Süden verschwunden.

Natürlich wusste ich, dass das nicht Agnes war, die sich da mit Ingwer, Patchouli, Stimme, Haut und Lachen in mir ausbreitete, es war die große Leere, die mir seither so normal vorgekommen war, dass ich sie nicht mal mehr beachtet, geschweige denn zu füllen versucht hatte, aber diese Leere war eine Hohlform, die alles abbildete, was ich mit Agnes verloren und seither nie mehr gesucht hatte.

Jetzt auf einmal, nach Jahren, schien es mir, als hätte ich sie wirklich geliebt. Oder lieben können.

Und ich hatte in einer Art Betäubung die ganze Zeit vor mich hin getrödelt, als ginge es darum, den Zeitpunkt so lang wie möglich hinauszuschieben, an dem ich begreifen würde, was ich jetzt begriff: Agnes wäre es gewesen. Und ich hatte das nicht einmal bemerkt.

Eine Zeit lang starrte ich einfach vor mich hin, dann bezahlte ich und ging zum Hotel zurück, versuchte auf dem Weg, mein Aufgewühltsein zu verstehen, fand mich gleichzeitig absurd und erhaben, im Innersten verwundet und lächerlich, fragte mich, ob Erleuchtung oder Sonnenstich die richtige Bezeichnung wäre für das, was mir geschah, und kam, als ich mir im Zimmer die Kleider vom Leib und den Leib unter die Dusche geschafft hatte, auf die Lesart, es könne möglicherweise auch ganz einfach an einer Überdosis Kaffee gelegen haben. Ich wollte mich auslachen, zumindest bespötteln, aber es gelang mir nicht.

Ich legte mich nackt ins Bett, schloss die Augen und ließ alles, was meine Erinnerung an Bildern von Agnes hergab, auftauchen und verwehen. Es waren nur Fetzen, Momente, kleine Szenen und verschwommene Anblicke: Sie schläft im Auto, während ich fahre – sie vertraut mir; sie lacht mich aus, weil ich im Hotel drei Anmeldezettel verbrauche, bis endlich alles in der richtigen Spalte steht – du bist nicht lebenstauglich, sagt sie, lass mich das in Zukunft machen; sie schweigt einen ganzen Tag lang, weil ich ihr Egoismus unterstellt habe; sie weint und sagt, du weißt nichts von mir und du willst auch nichts wissen; sie langweilt sich in einer Magritte-Ausstellung; sie spritzt mich nass, weil ich nicht ins Wasser will.

Schlafen konnte ich nicht – da war zu viel Koffein in mir unterwegs –, das Buch weiterlesen wollte ich nicht, weil mir Agnes dazwischengekommen war. Ich versuchte, mich mit Fernsehen abzulenken, aber das, was ich da heran- und wieder wegzappte, war zu uninteressant, ging mich nichts an oder stieß mich gar ab, also ging ich wieder raus, ohne das Buch mitzunehmen. Ich musste nachdenken.

Ich musste sie suchen.

Vielleicht gab es im Internet irgendwo ihren Namen, würde ich dort auf irgendwas stoßen, mit dem sie zu tun gehabt hatte, einen Dorfverschönerungswettbewerb oder eine Bürgermeisterwahl, Schulbeirat, irgendetwas, an dem sie teilgenommen und das jemand ins Netz gestellt hatte. Die Telefonbücher zuerst von Arles, wohin damals meine Briefe gegangen waren, und dann vielleicht aller anderen südfranzösischen Städte durchzusehen wäre auch eine Möglichkeit, aber sie konnte nicht nur irgendwann weggezogen sein, sondern auch geheiratet und den Namen gewechselt haben – dann wäre sie unauffindbar. Dann müsste ich ihre Eltern ausfindig machen und fragen. Aber würden die einem wildfremden Kerl sagen, wo sich ihre Tochter aufhielt? Ich kannte sie nicht, wusste nur, dass sie damals in Unna gelebt und eine Catering-Firma betrieben hatten.

Quatsch. Sonnenstich. Buchverwirrung. Agnes würde mich, falls ich sie wirklich fände, ansehen wie einen Stalker. Was sollte sie heute noch von mir wollen? Und ich von ihr? Hallo Agnes, mir ist nach elf Jahren klar geworden, dass du meine große Liebe bist?

Ich hatte wohl einfach ein bisschen zu viel gelesen. Drei Bücher in drei Tagen. Nein, nicht ganz, noch nicht, vom dritten lagen noch etwa hundert Seiten vor mir, aber die würde ich heute noch schaffen. Man sollte auf Bücher Warnhinweise drucken, »Lesen macht instabil«, oder einen Beipackzettel mit Wechselwirkungen dazulegen: »Vermeiden Sie das Lesen in Verbindung mit Koffein.«

Aber vielleicht hatte ich auch ein bisschen zu viel zugehört? Fallers Geschichte hatte mich erwischt, ohne dass ich hätte sagen können, wieso. Ich kam doch nicht drin vor. Es gab doch nichts Gemeinsames zwischen ihm und mir, außer dass ich mir jetzt einbildete, ich hätte eine Liebe verpasst – wieso eigentlich? Wollte ich mitspielen? Auch so etwas erlebt haben wie er? Wollte ich dazugehören? So sein wie Faller, der den Frauen gefiel und sich nicht darum scherte, weil er einer einzigen verfallen war? War ich neidisch?

Jetzt fühlte ich mich doch alleingelassen. Was sollte ich hier in Marburg? Was hatte ich hier verloren? Ich ging zurück zum Hotel und las weiter. Agnes kam mir nicht mehr in die Quere. Das war immerhin überstanden.

—

Natürlich wurde es dann wieder ein Sandwich, nachdem ich fertig gelesen hatte, dann Kino, dann ein Glas Wein in einer Bar und noch eines, das ich mir im Hotel mit aufs Zimmer nahm, wo ich einer Talkshow im Fernsehen halbwegs folgte, während ich andernhalbwegs an Saul Karoo, den Helden aus dem Buch dachte, der aus Liebe oder zumindest der Sehnsucht danach alles verraten hatte, was ihm heilig gewesen war.

—

Zuerst glaubte ich, ein Traum habe mich geweckt, aber dann hörte ich das rhythmische Keuchen und Stöhnen von nebenan. Liebeslärm. Aus Fallers Zimmer. Eine Zeit lang lag ich starr, als könnte eine Bewegung das Paar nebenan bei seiner Beschäftigung stören, aber dann stand ich auf, zog mich an und ging nach draußen. Das musste ich mir nicht antun.

Genau genommen sollte auch Faller mir das nicht antun. Ich war wütend. Nicht nur, weil es grässlich ist, sich Lustgeräusche anhören zu müssen, ohne von der Lust was abzukriegen, ich ging auch davon aus, dass das nicht seine Frau war, die da nebenan wie eine Nachtigall sang, sondern irgendwer, eine der Schönheiten vom Nachbartisch oder aus der Lobby oder sonst woher, eine Frau, die ihm irgendwie zugeflogen war.

Und vor mir gab er den großen Liebenden, den treuen Ehemann, den Erhabenen, der sich zu so etwas nicht im Traum herablässt. Der Mann war ein Heuchler. Ein Angeber. Und ich hatte ihn bewundert.

Die Stadt war leer – keine Bar offen, kein Mensch unterwegs – es war vier Uhr morgens. Entweder hatten die beiden schon stundenlang gerammelt, bis ich endlich davon aufgewacht war, oder sie waren erst sehr spät ins Hotel zurückgekommen. Nie und nimmer war das seine Frau. Warum sollte die ihn unterwegs besuchen? Außerdem musste sie in einem Alter sein, in dem man zumindest nicht mehr solchen Lärm macht, falls man es überhaupt noch tut. Allerdings: was wusste ich schon? Sex im Alter war keins der Themen, mit denen ich mich bisher beschäftigt hatte.

Ich gab ihnen eine halbe Stunde, dann ging ich zurück. Tatsächlich war jetzt Ruhe nebenan, und ich konnte mich wieder hinlegen und versuchen, meine Enttäuschung und meinen Ärger über Fallers Unehrlichkeit zu verschlafen.

—

Als ich ihn im Frühstücksraum sah, eine blonde Frau neben sich, wollte ich in den Flur zurückweichen, aber er entdeckte mich, winkte, lächelte und stand auf, als ich an seinen Tisch getreten war.

»Das ist mein Freund Alexander«, stellte er mich vor, »und das ist Anja.«

Sie gab mir die Hand und lächelte, sah auf ihre Armbanduhr und legte die Serviette ab, die sie in der linken Hand gehalten hatte. »Ich muss leider schon los«, sagte sie und erhob sich. Sie war schön. Das hatte ich erwartet.

Faller stand auf und ging mit ihr nach draußen, während ich mir am Buffet Orangensaft und ein Croissant nahm und mich nach einer Zeitung umsah. Ich wollte ein Gespräch vermeiden.

Er akzeptierte das Signal, ließ mich lesen, blätterte selbst in einem Stapel Papiere, den er aus seiner Aktentasche genommen hatte, und ließ mich in Ruhe, bis ich die Zeitung hinlegte und sagte: »Von mir aus können wir los.«

»Dann auf nach Heidelberg«, sagte er und packte seine Unterlagen zusammen.

—

Wir waren schon an Gießen vorbei, als er das Schweigen beendete: »Wie war der freie Tag?«, fragte er.

»Gut. Gemächlich. Lesen, Spazieren, Kino. Wenig Alkohol.«

»Das hätte mir vielleicht auch gutgetan«, er nahm eine seiner Pillen mit einem Schluck aus der kleinen Wasserflasche im Handschuhfach. Erst jetzt sah ich, dass er wieder bleich und elend aussah.

Ich hätte gern geplaudert und mich selbst damit von meiner verdrucksten, verärgerten Vorwurfslaune abgebracht, aber mein Groll war zu stark — mir fiel einfach nichts ein, was ich hätte sagen können.

»Was ist los?«, fragte er dann. Inzwischen war seine Haut wieder rosig, wie ich mit einem kurzen Blick zu ihm feststellte – diese Pillen wirkten schnell.

»Nichts, wieso?«, sagte ich und sah auf die Straße.

»Das ist das Mann-Frau-Spiel«, sagte er, »wir spielen aber Mann-Mann. Klare Frage, klare Antwort. Nicht erst mal minutenlang ausführlich darum betteln, dass man überhaupt ins Gespräch kommt.«

»Was ist mit Gedankenlesen?«, sagte ich, »Sie wissen doch immer schon alles.«

»Diesmal nicht. Leider. Ich bin auf Ihre Mitarbeit angewiesen.«

Eine Zeit lang schwieg ich. Er ließ mich in Ruhe nach meinen Gedanken suchen, aber es kam nichts wirklich Brauchbares dabei heraus, ich musste mich so hilflos ausdrücken, wie ich mich fühlte: »Ich bin sauer und fühle mich verarscht und weiß, dass ich dazu nicht das Recht habe.«

»Und warum sind Sie sauer?«

»Sie betrügen Ihre Frau.«

Jetzt schwieg er. Ich sah stur geradeaus und wartete. Er schwieg lange. Zehn Kilometer vielleicht. Dann sagte er, ohne den Zorn in der Stimme, mit dem ich fest gerechnet hatte: »Das kann man so sehen, ja. Aber ich sehe es nicht so.«

Ich wartete. So wie ich ihn bis jetzt zu kennen glaubte, konnte das nicht die ganze Antwort gewesen sein – er musste weiterreden. Aber ich wartete umsonst, da kam nichts mehr.

»Sie sind dran«, sagte er irgendwann, als ich langsam schon wieder überlegte, wie meine nächste Frage lauten könnte.

»Wieso?«, war alles, was ich zustande brachte.

»Meine Frau hat mich verlassen.«

Jetzt schämte ich mich. Und ich hörte den Ärger über mich selbst, mein kindisches Moralisieren, in meiner Stimme mitschwingen, als ich sagte: »Tut mir leid. Ich benehme mich wie ein Trottel.«

»Sie sind keiner.«

»Doch, bin ich. Ich mache Ihnen Vorwürfe, die mir nicht zustehen. Das war selbstgerecht und dämlich und kindisch und doof.«

»Sie haben mich irgendwie zum Helden gemacht und auf einmal war der Sockel weg.«

»Genauso war's.«

»So geht das mit Helden. Es ist der übliche Weg, den sie gehen. Runter vom Sockel.«

Die nächsten Minuten hatte ich damit zu tun, einem Drängler auszuweichen, der Anstalten machte, uns von der Straße zu schieben, es war ein Audi, wie eigentlich in den letzten Tagen immer – wenn es im Rückspiegel dunkel wurde, schoss ein Audi heran. Danach brauchte ich einige Geduld und schließlich einen Kick-down mit Gebrüll, um endlich wieder auf die linke Spur zu kommen. Die Leute fuhren mit hundertvierzig, hundertfünfzig oder sogar schneller mit Abständen von weniger als zehn Metern – eine Kleinigkeit, Wespe im Fond oder Vogel vor der Kühlerhaube und einer bremst, und alle sind wir Blech, Geschrei und Blut. Wir näherten uns Frankfurt, die Autobahn war voll.

Als wir auf die A 5 gewechselt hatten, ging es zwar langsam, aber wenigstens flüssig weiter. Bis dahin hatte Faller mich in Ruhe fahren lassen, Zeit für Gedanken hatte ich nicht gehabt, denn es gelang mir nie, einen vernünftigen Abstand herzustellen. Immer schoss mir einer vor die Kühlerhaube oder klebte mir am Hintern.

»Anja ist Anwältin«, sagte Faller jetzt, »wir arbeiten immer wieder mal zusammen. Sie ist eine gute Freundin.«

Ich schwieg. Was sollte ich darauf sagen.

»Freunde sind selten«, sagte er, »oder sie werden selten, je älter man wird.«

»Weil man intolerant wird?«

»Kann sein. Aber es kann auch sein, dass man klarer sieht und seine Zeit nicht mehr mit Langweilern ohne Leidenschaft, Egoisten oder Leerformel-Schwätzern vertun will. Ich habe irgendwann gemerkt, dass mich Menschen anöden, die nichts haben, was ihnen wichtiger ist als sie selbst, die nichts mehr lernen wollen und nichts mehr suchen. Fressen, Saufen, Ficken, der Mann will ein tolles Auto, die Frau will ein tolles Haus, der Mann schlägt Ausflüge vor, um sein tolles Auto auszufahren, die Frau schlägt Einladungen vor, um ihr tolles Haus vorzuführen, der Mann braucht nur noch Stichworte, um davon zu erzählen, wie gut er in seinem Beruf ist, die Frau braucht nur noch Stichworte, um davon zu erzählen, wie beliebt sie ist oder wie begehrt oder wie gut sie sich gehalten hat im Vergleich zu anderen, wenn ich merke, dass es darauf rausläuft, dann bin ich weg. Es ist ja nicht nur öde, mir macht das auch Angst. So viele Menschen, die eine gemeinsame Verantwortung tragen für ihr Gemeinwesen, für ihre Firma, für ihre Freunde, für sich selbst und die Alltagskultur, die sie um sich herum etablieren, und alles, was sie interessiert, ist ihr kleines bisschen Image.«

»Hat Anja etwas, das größer ist als sie selbst?«

»Ja. Güte.«

»Ist Güte nicht nur ein Wesenszug?«

»Was heißt, nur?«

»Ein Wesenszug wäre ein Teil von einem selbst. Ein Teil von mir kann nicht größer sein als ich.«

Jetzt lachte er laut: »Ist das rhetorische Begabung oder mathematische Begabung?«

»Oder beides?«, sagte ich.

»Vielleicht ein Wesenszug, der größer ist als Sie.«

»Wenn Sie nicht überzeugt sind, dann ist die Begabung auch nicht so besonders«, sagte ich.

Er lächelte und schwieg. Wir schoben uns übers Frankfurter Kreuz. Ich hatte Zeit nachzudenken. Eigentlich wollte ich ihn fragen, wie er es verkrafte, dass seine Frau ihn verlassen hatte. Schließlich glühte er für sie – sie war für ihn das Größere. Obwohl sie ihn alleingelassen hatte, sprach er von ihr, als sei sie sein Lebensinhalt. Oder gar sein Lebenssinn. Falls es da einen Unterschied gibt.

»Ich glaube nicht, dass ich etwas habe, das größer ist«, sagte ich. »Es täte mir leid, Sie anzuöden.«

Er lachte, aber nicht so laut wie vorher, es war eher ein Glucksen: »Das dürften Sie sogar, Sie helfen mir ja schließlich, aber Sie öden mich nicht an. Bestimmt können Sie mir sofort fünf unterschätzte deutsche Schriftsteller nennen. Zeitgenossen.«

»Jochen Schimmang, Malin Schwerdtfeger, Markus Werner, Petra Morsbach, Alexander Osang, Liane Dirks, Michael Wallner, Michael Schulte, Wolf Haas – stimmt, Sie haben recht.«

»Das waren acht.«

»Vielleicht kann man Markus Werner draußen lassen – er wird beachtet. Und Wolf Haas auch. Aber dafür könnten noch ein paar andere auf die Liste.«

»Kennen Sie *Am Hang* von Werner?«

»Nein, nur *Zündels Abgang* und noch eins, das mir gerade nicht einfällt.«

»Aber sehen Sie? Zu jedem Namen fällt Ihnen was ein. Das ist es. Größer als Sie selbst. Ich glaube, dafür leben Sie. Die Literatur ist Ihre Kirche oder so was. Wie Sie meine Bibliothek angesehen haben, das sprach Bände.«

So ganz recht hat er nicht, dachte ich, was ich an den Büchern so liebe, ist, dass ich in ihnen verreisen kann, andere Leben ausprobieren, etwas fühlen, erfahren oder lernen, was in meinem eigenen lahmen Ladenbesitzerstrott nicht vorkommt – das ist Eskapismus, Vergnügungssucht, Eigennutz, nichts weiter –, aber irgendwas daran stimmt auch: ich nehme mich selbst nicht mehr so wichtig, wenn ich in einer Geschichte verschwunden bin.

Von meinem echten Leben bleibt nicht viel übrig: essen, schlafen, Miete bezahlen, das ist schon so ziemlich alles, den Rest erlebe ich in Büchern. Das ist eher ein bisschen krank. Wenn die Literatur meine Kirche wäre, dann litte ich unter einer Art religiösem Wahn.

»Sie lieben Ihre Frau, oder?«, fragte ich, ohne nachzudenken, ohne zu überlegen, ob das nicht viel zu intim für unsere zufällige Reisebekanntschaft war. »Sie lieben sie, obwohl sie Sie verlassen hat.«

Ein Seitenblick zeigte mir, dass er mich forschend ansah, als überlege er, ob mir eine Antwort zustünde, und ich stellte mich schon auf eine Zurechtweisung ein, als er sagte: »Ja.«

Ich schwieg und zog auf einem freien Stück der linken Spur los, bis ein Bus vor uns ausschwenkte und ich nach rechts ging, um seine Länge als zusätzlichen Bremsweg zu haben.

»Es ist wie mit der Eifersucht«, sagte er jetzt, »man hat keinen Schalter dafür.«

Der Bus hatte sein Überholmanöver hinter sich gebracht, ich bekam die Chance, wieder Fahrt aufzunehmen, und nutzte sie.

»Und falls Sie das für Kitsch halten, dann fehlt Ihnen was.«

»Ich halte es nicht für Kitsch«, sagte ich, »aber dass mir was fehlt, könnte sein, ich glaube, dass ich so was noch nicht erlebt habe.«

»Wenn, dann wüssten Sie's.«

»Ausgeschlossen, dass man sich täuscht? Dass man ein Strohfeuer mit einem richtigen verwechselt?«

Jetzt lachte er, aber wieder moderat. »Ein Strohfeuer *ist* ein richtiges Feuer, es brennt nur kürzer.«

Ich musste schon wieder mit dem Fuß vom Gas. Diese Fahrerei war ein einziges Gestotter.

»Wie wär's mit fünf schönen Buchtiteln?«, fragte er. Das Thema war wohl durch.

»Alle frühen von Peter Handke«, sagte ich. »Er hat die schönsten.«

»Aufsagen bitte.«

»*Die Angst des Tormanns beim Elfmeter, Das leise Lachen am Ohr eines andern, Der kurze Brief zum langen Abschied, Wunschloses Unglück, Langsame Heimkehr, Die linkshändige Frau.*«

»*Das leise Lachen* ist von Wondratschek.«

»Aua, stimmt«, sagte ich, »die kann man doch nicht verwechseln, sehr peinlich.«

»Na ja, die Schönheit der Titel haben sie gemein«, Faller schien mir froh, mit dem Themawechsel durchgekommen zu sein, »und außerdem ist das nicht Ihre Generation. Eher meine.«

»Ich habe auch nichts von ihnen gelesen, außer dem *Wunschlosen Unglück*, und das fand ich grau.«

»Und von Nossack?«

»Ja.«

»Frisch?«

»Ja.«

»Werner Koch?«

»Nein.«

»Böll, Grass, Walser?«

»Walser, ja. Und Sie sind *doch* belesen.«

Er sagte nichts. Sein Widerspruch wäre eine Wiederholung gewesen.

—

Heidelberg schien im Wesentlichen aus einer sehr langen Straße zu bestehen, rechts und links davon je eine schmalere Parallele, dann kam der Fluss auf der einen Seite und der steile Schlossberg auf der anderen. Und es schien im Wesentlichen von Japanern und Chinesen bevölkert – vielleicht weil Sonntag war und die Heidelberger nichts in der Stadt verloren hatten – ich musste mich immer wieder durch ganze Pulks hindurchschlängeln oder stehen bleiben, damit sie um mich herumströmen konnten.

Ich hatte keins meiner Bücher mitgenommen, weil ich mich verkatert fühlte. Überfressen. Die Figuren von Morsbach, Carofiglio und Tesich purzelten in meinem Kopf durcheinander und veranstalteten eine Art Lärm oder Geröll, es war zu viel des Guten gewesen. Vielleicht hatte ich nicht nur einen Lesekater, sondern auch einen Städtekater. Mir gefiel nicht, was ich sah, obwohl die Stadt schön war und nach einiger Zeit sogar Einwohner unter den Passanten auftauchten, jedenfalls Leute, die ich für Einwohner hielt, aber ich fühlte mich zusehends jämmerlicher, als hätte ich Heimweh oder einen Sonnenstich. Oder beides.

Als mir diese Möglichkeit bewusst wurde und ich das Heimweh ausschloss, weil mir die Vorstellung meines schattigen Ladens keine Erleichterung brachte, kaufte ich mir eine Mütze, weiß, mit Schirm, um den Sonnenstich zu lindern oder zu verhindern, und ging zurück zum Hotel, wo ich mich auszog und ins Bett legte, um den Nachmittag zu verschlafen. Auf dem Weg dorthin war mir mein eigenes Spiegelbild in einem Schaufenster fremd vorgekommen.

Ich hatte es schon gestern an meinem freien Tag in Marburg bemerkt: Ich begann, mich zu langweilen. Ohne Faller oder wenigstens ein Buch kam ich mir durchsichtig und fehlplaziert vor und ohne den Jaguar arbeitslos. Als mir Kati mit ihren bunten Haargummis einfiel, fühlte ich doch so was wie Heimweh. Ich hätte nichts dagegen gehabt, zurück nach Köln zu fahren und wieder meine Höhle zu bewohnen.

Ich lebte über meine Verhältnisse, fühlte mich falsch, kam mir wie ein Schwindler vor. Dieses Hotel mit seiner süßlichen Stilmöbeleinrichtung, die Weine, die wir jeden Abend tranken, das großartige Auto, das ich fuhr, das war nicht meine Welt, das stand mir alles nicht zu. Ich war die arme Verwandtschaft, die auch mal mit am Tisch sitzen darf.

Bevor ich endlich einschlief, fiel mir noch auf, dass ich einfach nur neidisch war, nichts weiter, ich war ein kleinliches und missgünstiges Würmchen, das sich darüber beklagt, keine Python zu sein. Und hatte vergessen, dass ich für mein Leben selbst verantwortlich war, nur ich, niemand sonst, *ich* hatte mich treiben lassen und war in der Existenz eines Büchertrödlers gestrandet. Bis vor einigen Tagen, bis ich Faller traf, war mir das ganz recht gewesen – ich mochte mein Leben als Provisorium, ich mochte, dass alles weiterhin wählbar schien und ich mir keine andere Verantwortung als die für mich selbst und mein entspanntes Vormichhinleben aufgehalst hatte.

Jetzt auf einmal war das anders. Man konnte auch sein wie Faller, einen Inhalt haben, lieben, sich mit Schönheit umgeben und das eigene Leben gestalten, anstatt es nur so an sich vorbeiziehen zu lassen. Allerdings, Schönheit hatte ich auch. In Büchern.

—

Wir waren in der Lobby verabredet, Faller hatte mich angerufen, er verspäte sich, aber nur ein bisschen, und ich saß mit einem Espresso und einer Tageszeitung in der Ecke und ließ die Augen schweifen: Eine amerikanische Familie – Vater, Mutter, Tochter im Teenageralter mit abgeschaltetem Blick und iPod-Stöpseln im Ohr – sie schienen auf jemanden zu warten und sahen sich dauernd nach der Tür um. Zwei japanische oder chinesische Mädchen fummelten kichernd an einer kleinen Spielkonsole herum, auch sie warteten. Überhaupt wartete hier jeder. Es schien nicht die Zeit zu sein, in der man sich ohne Termin oder Verabredung hier aufhielt, ohne auf dem Absprung nach draußen zu sein, in den Sonntagabend, zum Essen, ins Nachtleben.

Ganz in meiner Nähe saßen ein Mann und eine Frau. Sie hielten sich jeder an einem Wasser fest, flüsterten miteinander und fassten dabei immer wieder nervös die Tür ins Auge. Sie fielen mir auf, weil die Frau eine schreckliche asymmetrische Frisur trug – die glatten Haare fielen ihr links bis fast auf die Schulter und endeten rechts über dem Ohr. Und um die beiden war eine Aura der Aufgeregtheit, entweder stritten sie und versuchten, es wie ein normales Gespräch aussehen zu lassen, oder sie erwarteten einen Star, den sie vergötterten, oder den Erbonkel, der sie reich machen würde – irgendwas Verzweifeltes oder Hysterisches war an ihnen, das mich noch mehr als die hässliche Frisur faszinierte und meinen Blick immer wieder zu ihnen hinlenkte.

Der Mann sah betont locker aus: er hatte lange lockige, fast vollständig ergraute Haare, trug einen irgendwie lehrerhaften Anorak mit aufgesetzten Taschen, ein kariertes Hemd und Cargohosen – er wollte für jung gehalten werden. Die Frau trug ein rostrotes enges Kleid mit einer kurzen, sandfarbenen Jacke darüber, hatte einen bitteren Zug im Gesicht, eine Maske der Enttäuschung und des Vorwurfs, irgendjemand musste Schuld sein an ihrem

Verblühen, ihrer Frustration oder was sonst für diesen Zug verantwortlich war. Der Mann konnte für die Grünen im Stadtrat sitzen, und sie für die SPD. Mit einem aufgesetzten Lächeln hätten sie auf jedes entsprechende Wahlplakat gepasst. Sie würden den Jaguar für eine Art Verbrechen halten. Sie würden Faller für eine Art Verbrecher halten.

Auch ich hatte den Eingang im Blick gehabt und war deshalb überrascht, als Faller auf einmal neben mir stand. Er musste vom Zimmer gekommen sein oder durch eine andere Tür.

»Jetzt könnten wir uns dem guten Teil des Tages zuwenden«, sagte er, »wenn Sie Hunger haben und Lust auf ein Glas Wein.«

»Oder zwei oder drei«, sagte ich und stand auf.

Und sofort war das rot-grüne Paar neben mir. Zu nah. Ich spürte ihre Gegenwart, noch bevor ich den Kopf wandte und sie sah. Die Frau starrte Faller verzweifelt oder zornig oder verstört an – ich konnte nicht lesen, was genau ihren Ausdruck dominierte. Sie fixierte sein Gesicht, als wolle sie mit ihrem Blick dort Brandwunden verursachen. Der Mann stand hinter ihr, starrte irgendwie nach irgendwo, nicht auf Faller, nicht auf seine Frau, nicht auf irgendwas Bestimmtes in der Hotelhalle – sein Blick war wie von nach oben gekippten Jalousien gebrochen.

Fallers Gesicht war eine Maske. So hatte ich ihn noch nicht gesehen. Nicht einmal, bevor er seine ominösen Tabletten einnahm. Er war wie auf Stand-by.

»Hallo Marius«, sagte die Frau, und es klang, als nähme sie Anlauf. Der Mann schwieg.

Auch Faller schwieg. Die Luft war wie ohne Sauerstoff, oder so, als genüge ein Funke, um uns alle in Krümeln zur nächsten Galaxie zu pusten. Ich trat einen Schritt zurück; gerade so weit, dass ich tiefer einatmen konnte, aber Faller mich noch an seiner Seite wissen würde, falls es zu Handgreiflichkeiten käme – darauf schien es hinauszulaufen – die beiden standen einander so gegenüber, als wollten sie den ersten Kopfstoß optimal platzieren.

»Was kann ich für euch tun?«, fragte Faller jetzt und setzte sich halb auf die Lehne des Sessels, aus dem ich gerade erst aufgestanden war.

Die Frau schwieg und starrte weiter, der Mann schwieg und studierte die Umgebung, Faller schwieg und wartete.

»Die Wohnung«, sagte die Frau dann.

Faller ließ seine hochgezogenen Augenbrauen antworten, schwieg weiter und wartete weiter, bis sie sich noch genauer erklären würde. Er war durch und durch arrogant und kalt, ließ sie hängen, in der offenbar für sie demütigenden Position – sie starrte ihn an, in der Hoffnung auf ein mimisches Zeichen, dass er verstanden hatte, worum es ihr ging, aber er war ganz Frage, künstliche Frage, er wollte ihren Status als Bittstellerin.

»Du hast Karla und Frieder die Wohnung geschenkt, und Frau Sommer und Franzi«, sagte der Mann jetzt, »warum nicht uns?«

»Weil sie mich wie einen Menschen behandelt

haben und nicht wie sprechende Hundescheiße, die man von der Fußmatte haben will«, sagte Faller, »ganz einfach.«

»Wieso denn das?«, fragte die Frau.

»Wenn du wissen willst, wieso sie mich als Menschen behandelt haben, musst du sie fragen, wenn du wissen willst, wieso ich ihnen die Wohnung geschenkt habe, musst du mir nachsehen, dass ich keine Lust habe, mich zu wiederholen«, sagte Faller.

»Wieso hab ich dich nicht als Mensch behandelt«, sagte die Frau in einem wütenderen Ton, als spüre sie, dass ihre Chancen schwanden.

»Gute Frage«, sagte Faller.

»Warum meinst du das? Warum sagst du, ich hätte dich schlecht behandelt?«

»Einen Menschen bittet man rein, man bietet ihm was zu trinken an, unter Umständen lächelt man vielleicht sogar, wenn man seiner ansichtig wird – all so was. Es ist gar nicht schwer. Die meisten Leute tun das ganz von selbst.«

»Und dann kriegen sie von dir ihre Wohnung geschenkt?«

»Ja.«

»Aber ich hatte gerade keine Zeit, ich musste noch einen Bericht fertigkrie...«, die Frau unterbrach sich selbst, weil ihr klar wurde, dass das nirgendwohin führen konnte.

»In derselben Zeit, die wir auf dem Flur verbracht haben, ich wie ein Hausierer und du wie die Furie, die ihn abwimmeln soll, hätten wir unser Gespräch auch drinnen führen können. Das Lächeln hätte dich nicht aus dem Tritt gebracht. Hast du deinen Bericht jetzt fertig?«

»Nein, wie denn, wir sind ja gleich hierher, nachdem wir sieben Hotels angerufen haben, um dich zu finden«, sagte sie und war ihm direkt in die Falle gelaufen.

»Schau an«, sagte Faller, aber jetzt ohne sie anzusehen, »dafür war die Zeit dann doch da.«

Jetzt mischte sich der Mann ein: »Marius, sie war überfordert und …« – mehr wusste er nicht zu sagen.

»Und was?«

»Jetzt sei doch nicht so, sie hat es nicht böse gemeint, sie war nur unter Druck.«

»Und jetzt seid ihr beide unter Druck, weil das bisschen Manierenmangel eine ganze Wohnung kostet.«

»Bitte Marius«, mischte sich jetzt die Frau wieder ins Geschehen, »wir kennen uns jetzt schon über zwanzig Jahre.«

»Das macht es in deinem Fall nicht besser«, sagte Faller. Er redete so geschliffen und herzlos, als mache ihm dieser Dialog Spaß, aber so war es nicht. Ich sah in seinem Gesicht eine ungeheure Müdigkeit, und die war nicht gespielt wie die Kälte und Arroganz, sie hatte sogar einen Zug von Trauer. Ihm gefiel nicht, was er hier tat. Und ich verstand nicht, was hier vorging.

»Jetzt gib dir halt einen Ruck«, sagte der Mann im Versuch, locker zu wirken und Faller nicht weiter durch vorwurfsvolles Gebaren zu verärgern.

»Ich habe jetzt Feierabend und will ihn mit meinem Freund Alexander hier genießen. Vergesst es. Und geht nach Hause oder sonst wohin. Zum Griechen, wie wär's damit.«

Jetzt weinte die Frau. Ihr Gesicht war vollkommen entgleist. Der Mann legte unbeholfen seine Hand auf ihre Schulter, fasste aber nicht zu und zog sie nicht zu sich heran, und in seinem Gesicht glaubte ich, die Ambivalenz seiner Gefühle zu sehen. Sie hatte es versaut. Wäre sie freundlich zu Faller gewesen, dann besäße man jetzt eine Wohnung. Seine Beschützergebärde verbarg die Wut nicht, die er auf seine Frau hatte. Die beiden standen einfach da, als könne pures Stehenbleiben die verfahrene Situation noch in Ordnung bringen. Faller warf mir einen Blick zu, und wir verließen den Ort der peinlichen Begegnung.

Ich wusste, sie sahen uns nach, und wäre fast hingefallen. Man kann nicht gehen, wenn man weiß, dass jemand einem Löcher in den Rücken starrt. Außer man ist Model und hat es gelernt. Als wir draußen vor der Eingangstür standen, atmete ich zum ersten Mal wieder eine ganze Lungenfüllung ein. Ich sagte nichts und passte mich Fallers schnellen, fast hastigen Schritten an – er hatte es eilig, von diesen beiden wegzukommen.

»Das muss ich jetzt erklären, oder?«, sagte er mit einem schnellen Seitenblick zu mir, der mir überraschend verlegen schien. So hatte ich ihn noch nicht erlebt. Die kalte Schärfe von eben passte noch halbwegs in mein Bild von ihm, zumindest insofern, als ich sie ihm zugetraut hätte, Verlegenheit oder gar Unsicherheit nicht.

»Sie müssen nicht«, sagte ich, »aber ich kriege einen Kreislaufkollaps, wenn ich so tun muss, als wär's mir egal und wollt ich's nicht wissen.«

»Das Wichtigste haben Sie sich eh schon zusammengereimt, oder? Ich verschenke die Wohnungen, wenn die Mieter höflich sind. Und wenn nicht, dann nicht.«

Alles, was mir auf der Zunge lag, wäre eine Floskel gewesen, die meine Überraschung illustrierte, also schwieg ich. Mit »unglaublich«, »wow« oder ähnlichen Geräuschen bestreitet man kein solches Gespräch. Dennoch wollte ein Wort, irgendeins, das meiner Verblüffung entsprach, aus mir heraus, und ich suchte danach.

»Sie sind der Weihnachtsmann«, sagte ich schließlich. »Im Hochsommer.«

»So etwa.«

»Das ist vollkommen irre.«

»Mag sein.«

»Und warum tun Sie das?«

»Ich werfe Ballast ab.«

Sein Tempo hatte sich etwas verlangsamt, er ging wieder normal, und ich schwieg, weil seine letzte Antwort so abschließend geklungen hatte. Diesen Satz hatte er ganz zu Anfang unserer Bekanntschaft schon einmal gesagt, als er mir seine Bibliothek angeboten und mich gleich zu sich nach Hause mitgenommen hatte.

Es war wieder ein Gartenlokal, in das er uns führte,

irgendwo in der Altstadt, ich hatte nicht auf den Weg geachtet, war einfach neben ihm hergegangen, ein bisschen bergauf und einige Male um Ecken und durch kleinere Gassen. Die peinliche Begegnung mit Rot-Grün und die erschreckende Vorführung seiner Kälte drückten auf meine Stimmung, und ihm schien es nicht besser zu gehen. Da ich immer neben ihm gegangen war, hatte ich ihn nicht beobachten können, aber ich stellte mir vor, seine Kiefer würden mahlen oder seine Stirn sich runzeln vor Anspannung und Ärger, aber als er mir gegenüberstand an einem freien Tisch, seinen Stuhl darunter hervorzog und mir mit einer Gebärde den gegenüberliegenden anbot, sah er wieder gelassen und entspannt aus.

»Bleiben Sie mir gewogen, wenn's geht«, sagte er mit einem kleinen Lächeln, »auch wenn Sie mich jetzt als absolutes Schwein erlebt haben.«

Ich schüttelte nur den Kopf. Ich wusste nichts zu sagen.

»Das war eine hässliche Szene«, fügte er hinzu und setzte sich, »tut mir leid. Ich wollte doch von Ihnen gemocht werden.«

»Das geht schon in Ordnung«, sagte ich unbeholfen und setzte mich ebenfalls.

Die Kellnerin stand bei uns und unterbrach das Gespräch mit den Speisekarten.

»Die Regel ist simpel«, sagte er, den Blick in die Karte versenkt, »und ich halte sie ein. Wer nett ist, kriegt die Wohnung, wer mich feindselig behandelt, kriegt sie nicht. Ich habe mir das so vorgenommen, und so zieh ich's durch.«

»Und wie machen Sie das? Stehen Sie einfach vor der Tür und sagen, hallo, ich wollte mal vorbeischauen, oder haben Sie einen Vorwand, auf den Sie sich zurückziehen, wenn der Mieter Ihnen blöd kommt?«

»Letzteres. Ich biete Ihnen an, eine neue, viel sparsamere Heizung einzubauen und frage sie, ob sie sich zur Hälfte beteiligen wollen. Das ist auch ein Geschenk, das ich ihnen anbiete, aber manche sind sogar zu dumm, das zu kapieren. Marion, die Sie eben kennengelernt haben, ist so jemand. Zu dumm, den eigenen Vorteil zu erkennen.«

»Warum ist sie so feindselig?«

»Das war sie von Anfang an. Sie tat immer so, als beute ich sie irgendwie aus, dabei ist sie seit zwanzig Jahren in der schönen Altbauwohnung zu einem unschlagbaren Mietpreis, nämlich immer etwa zehn Prozent unter dem Mietspiegel, und wenn sie so schlau wäre, alles, was sie bisher an Miete gezahlt hat, zusammenzurechnen, dann wüsste sie, dass sie noch nicht mal zwei Drittel des aktuellen Marktwerts der Wohnung bezahlt hat. Dabei rechne ich die ganzen Mietminderungen, die ihr im Laufe der Zeit eingefallen sind, noch nicht mal mit.«

Er blätterte in der Karte. »Rainer, ihr neuer Kerl ist nicht mal so übel, hätte er mich empfangen, dann wär's vielleicht anders gelaufen, aber sie ist einfach eine Bissgurke. Ich gestehe, dass ich ein kleines Triumphgefühl empfinde – ich hab's ihr endlich heimgezahlt.«

»Gab's noch andere?«, fragte ich, »unfreundliche, die Pech hatten?«

»Zwei bisher, Marion ist der dritte Fall.«

»Legen Sie den Leuten dann einfach eine Schenkungsurkunde hin, lassen sich küssen und gehen in die nächste Etage hoch?«

»Nein, ich habe immer für den Vormittag danach ein Paket Notartermine gebucht, das macht Anja für mich, sie hat auch alle Verträge vorbereitet. Die Mieter und ich treffen uns beim Notar, sie kaufen die Wohnung für einen Euro, dann kommen sie ins Grundbuch und fertig.«

»Und der Weihnachtsmann reist weiter in die nächste Stadt.«

»Genau.«

»Und wickelt sein Vermögen ab.«

»Nicht alles, nur die Wohnungen, da gibt es noch ein bisschen mehr.«

»Irre.«

»Das sagten Sie schon.«

—

Diesmal war es ein Malbec, von dem wir immerhin zwei Flaschen schafften, aber Faller blieb einsilbig, bis auf gelegentliche Anflüge von Wortreichtum, wenn er Orte beschrieb, die ihn beeindruckt hatten. Von sich selbst erzählte er nichts, auf das hochherzige Verschenken der Wohnungen sprach ich ihn nicht mehr an, und immer, wenn er sich über die Schulter umschaute, rechnete ich damit, Marion und Rainer irgendwo stehen zu sehen, vielleicht mit einem Schild, auf dem sie ihr gefühltes Anrecht auf seine Wohnung einklagten. Er schien auch mit so etwas zu rechnen, natürlich nicht mit einem Schild, aber doch mit den beiden, die uns irgendwie ausfindig gemacht haben konnten, um einen neuen Versuch zu unternehmen. Schon kurz nach zehn bezahlte er, und wir gingen zurück zum Hotel.

—

Ich konnte noch nicht schlafen und wollte nicht lesen, also knipste ich so lange mit der Fernbedienung herum, bis ich ein Gesicht sah, das ich kannte: Daniel Auteuil. Leider war ich zu spät eingestiegen und verbrachte nur noch etwas mehr als eine halbe Stunde irgendwo in der französischen Provinz, wo der Film spielte, zu wenig, als dass ich hätte verstehen können, worum es eigentlich ging.

Wieso verschleuderte Faller seinen Besitz? Weil er von irgendwelchen Leuten schief angesehen wurde? Das konnte doch nicht sein. Das passte nicht zu seinem Wesen. Dieser Mann war eins mit sich und seiner Rolle, er schien mir sogar stolz darauf zu sein. Außerdem war er nicht der Typ, sich von neidischen Leuten sagen zu lassen, was er tun solle.

Vielleicht wollte er unabhängig sein? Auch von

Besitz? Zumindest von zu viel Besitz? Das könnte immerhin passen – er war wohl eine Art Dandy, dem der eigene Lebensentwurf und die eigenen Regeln über Renommee oder Anpassung gehen, der sich selbst verantwortet und gelassen darauf pfeift, wenn ihn jemand nicht versteht. Vielleicht hatte er sich das auch vor Jahren schon vorgenommen, sich irgendeine Grenze gesetzt, nach deren Erreichen er die Hälfte oder irgendeinen anderen Teil von allem verschenken würde – zu seinem sechzigsten Geburtstag etwa – vielleicht war diese skurrile Aktion ein Echo aus seiner Zeit als jugendlicher Linker, eine späte Bestätigung, dass er sich nicht einfangen ließ von dem, was man damals »das System« genannt hatte.

Aber am ersten Tag auf der Fahrt nach Göttingen hatte er mir erklärt, er sei stolz auf seinen Beitrag zu den Gemeinschaftsgütern, zu Schulen, Omnibussen etc., er zahle Steuern, er halte den Laden mit am Laufen. Mit dieser Aktion minimierte er seinen Beitrag. In den Händen der neuen Besitzer würden die Wohnungen kein Einkommen mehr generieren und damit auch keine Steuern mehr. War er vielleicht müde? Fand er, dass er sein Teil geleistet hatte, und wollte jetzt einfach nichts mehr damit zu tun haben? Seltsam. Sehr seltsam. Das Ganze war über die Maßen ungewöhnlich.

—

Manchmal wacht man klüger auf, als man einge-schlafen ist. Als ich, wieder gegen vier, in die Mini-bar nach einer Flasche Bitter Lemon griff, war mir auf einmal klar, was vor sich ging: Er bestahl seine Frau! Sie hatte ihn verlassen, und er schaffte so viel Vermögen, wie er konnte, ab, damit sie bei der Scheidung in die Röhre gucken würde. Das war es.

Hatte ich ihn gerade noch bewundert für diese verblüffende Großzügigkeit, so tat er mir jetzt fast leid. Aus Rachsucht so kleinlich und missgünstig zu werden, das musste ein Schlag für ihn sein, der sein Selbstbild anfraß. Aber er tat mir nicht nur leid. Ich verabscheute ihn.

Mir und vielleicht sogar sich selbst vorzuspielen, dass er seine Frau trotz allem liebte, und gleichzeitig von Geiz und Wut aufgefressen ihr zukünftiges Ver-mögen wegzuwerfen, damit verriet er sich selbst, zumindest die Figur, die er in den letzten Tagen für mich entworfen hatte. Er war unsouverän. Ein wü-tender, lächerlicher Hahnrei. Von wegen: »Man hat keinen Schalter dafür« – er haute mit einem riesen-großen Vorschlaghammer auf einen riesengroßen Schalter, um sich von der riesengroßen Enttäu-schung zu befreien und seiner treulosen Frau ein böses Erwachen zu bescheren. Mies. Verständlich zwar, wer würde nicht aus Verletztheit um sich schlagen, aber dennoch mies.

—

Und manchmal wacht man auch gelassener auf, als man eingeschlafen ist. Es gelang mir beim Frühstück, beim Beladen des Wagens und beim Losfahren, meine neue Herablassung Faller gegenüber geheim zu halten. Ich verbarg sie so gut, dass er, nachdem er mir Tübingen als nächstes Ziel angegeben hatte, keinen Verdacht schöpfte, sondern locker plauderte und davon erzählte, wie er dort ein halbes Semester lang studiert, sich dann aber schnell nach Göttingen davongemacht hatte, weil das pietistische, schwäbische, engherzige Benehmen dort nicht auszuhalten gewesen sei.

Irgendwann hatte ich sogar selbst vergessen, dass er mir unsympathisch geworden war, ich genoss das Fahren und registrierte, wie sehr ich mich an das schöne Auto gewöhnt hatte. Es würde hart werden, wieder in die minderprivilegierte Kaste der Fußgänger abzusteigen.

»Wenn Sie auf eine Leidenschaft verzichten müssten«, sagte er, als wir das Walldorfer Kreuz passierten, »welche würden Sie fahren lassen, die Kunst oder die Literatur?«

»Die Kunst«, sagte ich, ohne nachzudenken, »ich glaube, das ist nicht mal mehr eine Leidenschaft bei mir. Es ist nur ein Gebiet, in dem ich mich früher auskannte. Es war eine Leidenschaft, aber die ist verflogen.«

Er schwieg. Diesmal war seine Frage wohl nicht als Einstieg in einen Monolog gedacht gewesen, meine Antwort war alles, was er gewollt hatte.

Kunst und Kunstgeschichte waren mir als mein

Lebensinhalt erschienen, solange ich Agnes damit beeindrucken und missionieren wollte. Ich hatte damals den seltsamen Drang, ihr die europäische Malerei nahezubringen – mir selbst schien mein bisschen Wissen darüber ein Schatz zu sein, den ich ihr schenken konnte, aber sie hatte nicht viel dafür übrig. Es war ihr einfach nicht wichtig. Manchmal sah sie mich mit freundlicher Ironie an, wenn ich wieder zu einem meiner frisch angelesenen Vorträge über die Entdeckung der Zentralperspektive in der Renaissance oder den Einfluss japanischer Malerei auf die Väter der Moderne oder den afrikanischer Volkskunst auf Kubisten und Fauves abgehoben hatte. Sie ließ mich damals einfach reden, stellte keine Fragen, höchstens wenn ich mich unklar ausgedrückt hatte. Sie tat mir den Gefallen, meinen Ausführungen zu lauschen. Und wenn ich fertig war, senkte sie den Blick wieder in ihr Buch.

Sie las, wo sie war, im Stehen, im Liegen, auf dem Beifahrersitz, beim Warten auf irgendwas – sie war nirgendwo außerhalb ihrer eigenen vier Wände ohne ein Buch in der Hand. Die Autorennamen sagten mir damals nichts: Ian McEwan, Bernhard Lassahn, Sibylle Berg, John Updike, Klaus Modick, Kerstin Ekman. Außer Updike kannte ich keinen davon. Irgendwann begann ich dann auch zu lesen – was sollte ich sonst tun, so war ich wenigstens irgendwie dort, wo sie war, und saß nicht nur belämmert und ständig vom inneren Lärm meiner eigenen Vorträge belästigt herum.

Als sie in Südfrankreich blieb und unsere Briefe

immer seltener und ausweichender wurden, schmiss ich die Kunstgeschichte hin und schrieb mich für Germanistik ein. Ich hatte sie nicht für die Malerei gewonnen, aber sie mich für die Literatur. Ohne dass sie mir Vorträge gehalten hätte, mich zu Lesungen geschleppt oder mir Rezensionen aufgedrängt. Sie hatte einfach nur gelesen.

Die Autobahn wurde hügelig, nachdem wir das Weinsberger Kreuz hinter uns hatten und auf Stuttgart zuhielten, und alle paar Kilometer staute sich der Verkehr. Ich las die Aufschriften der Lastwagen und Kleintransporter, sagte sie mir innerlich vor und war so sehr in eine Art magischen Trott verfallen, dass ich erschrak, als Faller im Handschuhfach zu kramen begann.

»Erlauben Sie mir, einen Song anzuhören?«

»Natürlich. Klar.«

Er hatte eine CD in der Hand, nahm sie aus der Hülle, steckte die Hülle in die Seitentasche der Beifahrertür und schob die CD in den Player. Dann tippte er durch, bis das richtige Stück dran war, und lehnte sich zurück. Es klang altmodisch. Und es gefiel mir. *Take me to the station, and put me on a train, I've got no expectations to pass through here again …*

Passend dazu verließen wir gerade eine Baustelle, und ich konnte wieder losziehen, auf die linke Spur und ein gutes Stück vorwärts, bis der obligatorische Kleinwagen von vorn und Audi von hinten mich wieder nach rechts einscheren ließen.

»Was ist das?«, fragte ich, als er die CD schon wieder herausgenommen und verstaut hatte.

»Stones. Ganz alt. Von *Beggars Banquet,* ihrem besten Album. Lange her.«

»Schön.«

»Das war lange Jahre mein Leib-und-Magen-Song.«

»Wenn Sie wollen, hören wir weiter, das ganze Album. Nicht, dass Sie das mir zuliebe sein lassen.«

»Nein, nein, ich wollte nur den Song.«

Den Rest der Strecke fuhren wir schweigend.

—

Falls Tübingen irgendwann zu Fallers Zeiten etwas verkniffen Pietistisches oder gar Engherziges gehabt hatte, dann war das mittlerweile verflogen. Die Stadt ähnelte Marburg mit seinen Hügeln und Gassen und Fachwerkhäusern, war aber bunter und schien mir größer. Stolzer. Vom Hotel aus ging ich über eine mit Geranien geschmückte Brücke über denselben Fluss, den Neckar, von dem ich mich am Morgen in Heidelberg verabschiedet hatte, und die Szenerie, Studenten, Schüler, normale Menschen und Touristen, Leute, die auf den Bus warteten, und Kinder, die ins Wasser spuckten, um möglichst einen der Stocherkähne zu treffen, war so heiter und sonnig, dass ich mich sofort in den Anblick verliebte.

Sicher spielte auch der Nimbus, den die Stadt für Germanisten hat, eine Rolle für meine spontane

Zuneigung. Hölderlin, Uhland, Mörike, Bloch. Mayer, Jens – dieser Ort war geprägt von markanten Stimmen.

Natürlich begegnete mir nicht an jeder zweiten Ecke ein würdevoller Denker mit Feder am Barett und waren die Schaufenster nicht mit Kalligrafien oder zerfallenden Folianten gefüllt, sondern wie überall mit Handys, Mode, Parfüm, Taschen und Schuhen, und natürlich blickten die Studenten nicht grüblerisch in eine sinnerfüllte Ferne, sondern vor sich hin oder in die Schaufenster, hatten iPod-Stöpsel im Ohr wie anderswo auch, trugen bunte, enge Sachen und wirkten weder tiefsinniger noch strebsamer als in anderen Städten – im Gegenteil: Hier schien sich der postmoderne Hedonismus besonders fröhlich breitgemacht zu haben. Vielleicht lag es am pietistischen Erbe. Vielleicht hatte man hier mehr nachzuholen. Man saß in Straßencafés, war so hübsch wie nur möglich und ließ den lieben Gott einen guten Mann sein. Sehr sympathisch.

Musste ich Fallers Frau aufsuchen und warnen? Schließlich warf er ihr Vermögen weg. Aber wie sollte das gehen. Ich wusste nicht einmal, ob sie wie er in Köln wohnte. Sie konnte überallhin gezogen sein. Wenn sie wegen eines anderen abgehauen war und wenn das noch immer dieser Maler war, dann lebte sie jetzt wer weiß wo an seiner Seite. Außerdem ging mich das nichts an. Die Tatsache, dass ich Fallers Verhalten beschämend fand, berechtigte mich nicht zur Einmischung. Das war seine Sache und die seiner Frau.

Fiel ihm das selbst überhaupt nicht auf? Dass dieses Verschleudern aus niederen Beweggründen nicht zu ihm passte? Sah er nicht, wie kleinlich, geizig und rachsüchtig das war? Musste ich ihm das sagen? Nein. Auch das stand mir nicht zu. Wenn er wissen wollte, was ich davon hielt, dann würde er mich fragen. Ich war nur der Chauffeur. Auch wenn er mich inzwischen seinen Freund nannte – das war Höflichkeit, nichts weiter, und es war nur für die Dauer dieser kleinen Reise gedacht. In ein paar Tagen würde jeder von uns seiner Wege gehen – er in seine schöne Wohnung oder vielleicht auf eine Weltreise oder mit Anja auf die Bahamas oder Seychellen oder sonst wohin, ich in meine Bücherhöhle, um zu lüften, mir eine Espressomaschine zu kaufen und Kati ihr Buch und die beiden Pferdchen zurechtzulegen. Ich freute mich auf Kati.

—

»Und? Gut gelaufen?«, fragte ich am Abend, als Faller, diesmal pünktlich, um halb acht in der Lobby auftauchte, um mich zum Essen abzuholen.

»Ja«, sagte er, »Karmapunkte ohne Ende.«

»Kein Muff?«

»Eine etwas seltsame Sache, doch. In einer Wohnung sitzt ein englischer Professor, zur Miete für ein Jahr, und ich fürchte, dass er viel mehr an meine Mieter zahlt, als die mir. Nebenbei ist das Untervermieten verboten. Das muss Anja für mich rausfinden. Wenn mein Mieter die gleiche Miete verlangt, dann okay, aber wenn er ein Geschäft macht, bestiehlt er mich. Dann kriegt er nicht nur keine Wohnung, sondern auch noch eine Klage an den Hals.«

»Hart«, sagte ich.

»Aber fair«, sagte er.

Das Gartenlokal war nur ein paar Hundert Meter vom Hotel entfernt, direkt am Fluss mit Blick auf die Boote und prachtvollen Villen am anderen Ufer. Faller fand einen Châteauneuf-du-Pape auf der Karte, der allerdings toller klang, als er schmeckte, aber natürlich war diese Einschätzung unseren verwöhnten Gaumen geschuldet. In jedem anderen Zusammenhang hätte ich ihm nicht beigepflichtet, sondern den Wein gelobt. Später entschieden wir uns für einen spanischen, dessen Namen ich vergessen habe.

»Träumen Sie davon, selbst mal zu schreiben?«, fragte er irgendwann, als wir beide unser Essen vor uns stehen hatten, ich einen Teller mit Vorspeisen, er ein Steak mit Bratkartoffeln.

»Ganz am Anfang im Studium habe ich mir eingebildet, das sei mein Ziel, aber irgendwann habe ich begriffen, dass ich auf die Leserseite gehöre. Ich bin eher der Acker, nicht der Sämann.«

»Mit solchen Metaphern könnten Sie's als Pfarrer weit bringen.«

»In der Richtung habe ich nun aber gar keine Ambitionen.«

»Entschuldigung. Das war nicht als Spott gedacht«, sagte er lächelnd, »aber ein superklares Bild ist es schon. Und dazu mit einer gewissen altväterlichen Würde. Der Acker. Der Sämann.«

»Ja, danke.«

»Und wie wär's, wenn Sie Rezensionen schrieben? Ihre Kenntnis und Belesenheit schreit eigentlich nach Verbreitung, oder?«

»Nein. Das ist eine andere Welt. Ich habe das mal in kleinem Rahmen gemacht, aber ich konnte nur Bücher empfehlen und erklären, warum ich sie schätze, ich konnte sie nicht verdammen, ihre Fehler aufzählen, den Lesern einreden, sie sollen dieses Buch nicht lesen. Die Richterposition gefällt mir nicht. Sie hat etwas Hoffärtiges, Rigides, ich finde sogar, sie hat etwas Literaturfeindliches.«

»Schon wieder so ein tolles Wort: hoffärtig«, sagte er. »Aber es braucht doch die Kritiker. Jemand muss doch ein fachlich sicheres Urteil haben.«

»Diese fachliche Sicherheit gibt es ja nicht. Es gibt Zuneigung und Abneigung, und die Kriterien sind so weich, dass sie für beides herhalten können.«

»Wofür studieren die Leute dann, wenn sie keine sicheren Kriterien erwerben?«

»Im Studium lernt man das Einordnen. Das ist was für Bibliothekare.«

»Hart.«

»Aber fair.«

Er lachte. »Sie reden doch wie jemand, der eigentlich schreiben will. Sie haben sich die Literaturkritik schon als potenziellen Gegner ausgeguckt.«

»Nein. Ich stelle nur fest, dass ich als Leser viel zu selten von den Rezensionen profitiere. Wenn der

Autor berühmt ist, läuft es auf einen Urteilswettbewerb raus, alle besprechen dasselbe Buch und streiten sich ums Rechthaben, ist er unbekannt, dann kann ich Glück haben und der Rezensent skizziert mir das Buch in Umrissen und legt es mir ans Herz, indem er Qualitäten heraushebt und beschreibt. Ich kann aber auch Pech haben und er ordnet ein, beurteilt und seziert, ohne mir das Buch vor Augen zu führen.«

Er lächelte in sich hinein, als wisse er besser, was ich eigentlich sagen wollte, und als wisse er auch, warum es mir nicht gelang, mich klar genug auszudrücken, aber als ich ihn fragend ansah, weil ich dieses Lächeln nicht für einen tollen Diskussionsbeitrag hielt, deutete er mit einem Wink des Kopfes zur Seite, und ich sah den Grund für sein Lächeln: Ein Déja-vu.

Sie trug zwar kein weißes Sommerkleid mit Früchten, und sie war blond, aber es war eine Wiedergängerin der Schönheit aus Göttingen, die sich da zwei Tische weiter gerade den Rock glatt strich und setzte. Ich lächelte zurück.

»Aber wovon träumen Sie dann?«, fragte er. »Gibt es irgendwas? So was wie ein Lebensziel? Einen Lebenstraum?«

»Eine schönere Buchhandlung vielleicht. Schöner als mein Ramschladen. Mit genügend Platz für alle Bücher, die ich selbst gut finde, ob ich sie nun loswerde oder nicht. Das wäre was, ja.«

»Das schaffen Sie.«

Fallers Blick ging zu der Frau – er hatte etwas Geduldiges, Freundliches, Einverstandenes – ich konnte mir vorstellen, dass man sich nicht bedrängt fühlt, wenn einen jemand so ansieht. Nachdenklich und ohne alle Zudringlichkeit. Ich konnte die Reaktion der Frau nicht sehen, sonst hätte ich Kopf und Oberkörper drehen müssen. Vielleicht bemerkte sie Fallers Blick überhaupt nicht, studierte die Karte oder betrachtete die Boote auf dem Fluss.

»Schönheit ist niemandes Verdienst«, sagte Faller plötzlich, ohne mich dabei anzusehen, wie zu sich selbst, als achte er nicht darauf, ob ich ihn hörte, »und wird dennoch belohnt.«

»Das ist ungerecht, ja.«

»Sie schlechter zu behandeln, nur weil sie schön ist, wäre ebenso ungerecht.«

»Auch wieder wahr.«

»Wir wünschen uns Gerechtigkeit an Stellen, wo sie überhaupt nicht hingehört«, sagte er. »Wir vergessen, dass es Glück und Pech gibt, den Zufall und daraus folgend das Schicksal, man kann sich nicht einschalten und dafür sorgen, dass die Schönen nicht geliebt werden oder die Hässlichen genauso geliebt wie die Schönen. Man kann auch nicht dafür sorgen, dass keiner krank wird, keiner vor seiner Zeit stirbt und keiner mehr Unglück erleidet als andere.«

»Damit könnten *Sie* jetzt als Pfarrer groß rauskommen«, sagte ich, »als cooler Lederjackenseelsorger, der es sagt, wie es ist.«

Er lächelte. »Geh ich Ihnen auf die Nerven?«

»Kein bisschen.«

»Soll ich noch etwas weiter dozieren?«

»Bitte.«

»Gerechtigkeit gehört in die Regeln. In die Politik, in die Justiz, das Steuersystem, die Wirtschaftsordnung – sie hat nichts bei der Verteilung von Chancen, Fähigkeiten, Talent zu suchen. Man kann kein Recht auf den richtigen Ehemann haben oder den Lottogewinn oder ein Geschenk.«

»Bei den Chancen sollte aber Gerechtigkeit walten.«

»Stimmt, Sie haben recht. Beim *Anbieten* der Chancen. Bei der Wahrnehmung dieser Chancen aber nicht. Man kann den Ingenieur nicht künstlich zum Musiker machen oder die Schauspielerin zur Chirurgin. Man kann nur die Ausbildung anbieten. Die notwendige Leistung erbringt der einzelne Mensch, und die Menschen sind verschieden.«

»Ja«, sagte ich.

»Und jeder zahlt seinen Preis.«

Das war nun wieder so ein Satz, der in all seiner Plattheit dennoch wie ein Tiefschlag wirkte, denn in Fallers Stimme schwang der düstere Unterton mit, den ich nun schon seit einer Weile nicht mehr gehört hatte. Er sprach damit irgendetwas Eigenes, Privates, für ihn Bedeutsames oder Bedrückendes aus, das ich aber nicht wissen sollte, jedenfalls nicht genau, denn sonst hätte er nicht die Plattitüde gewählt. Ich fragte nicht nach.

»Entschuldigen Sie mich«, sagte er und stand auf.

Ich versuchte, einem Gespräch über Ligurien am Nebentisch zu folgen, schweifte aber ab und lan-

dete irgendwie auf verschlungenen Assoziations-
wegen bei der Erinnerung an Agnes, wie sie versunken und selbstvergessen gelesen hatte. Dieser
Anblick hatte mich betört, wie der eines schlafenden Kindes oder spielenden Tieres. Eins mit sich
selbst. Frei. Und von gesteigerter Wirklichkeit. Man
hält den Atem an, um einen solchen Anblick nicht
zu gefährden.

Mein Wunsch zu schreiben war damals diesem
Anblick entsprungen. Ich wollte Teil solcher Entrü-
ckung und Innigkeit werden, wollte am Entstehen
solcher Augenblicke beteiligt sein. Wollte sie auslö-
sen. Hatte aber nicht das Talent.

»Ich habe schon bezahlt«, sagte Faller, als er wieder auftauchte, »ich hoffe, das ist Ihnen recht.«

»Klar«, sagte ich, »danke«, und stand auf.

Die Schönheit saß noch immer da. Sie las ein
Buch. Und war versunken. Faller lächelte. Ich auch.

———

Mein Zimmer ging nach hinten raus. Ich schaute
noch eine Zeit lang auf den Parkplatz, auf dem der
Jaguar unter seinesgleichen stand, großen Mercedes,
BMWs, Audis und einem Maserati – auf einer Terrasse, die zum Hotelrestaurant gehörte, räumten die
Kellner zusammen, unterhielten sich leise, während
sie Tischdecken rafften, Besteck und Servietten
griffen und die Stiele der Gläser zwischen ihre Fin-

ger steckten, sodass sie mehrere gleichzeitig tragen konnten. Ich war Faller nicht mehr böse.

Anscheinend hatte er Charisma, oder er stellte für mich etwas dar, dem ich unbedingt zustimmen wollte – ich konnte ihm seine kleinkarierte Rachsucht nicht mehr übel nehmen. Ich musste ihn mögen, ob ich wollte oder nicht.

Er hatte unser nächstes Ziel noch nicht erwähnt, aber da wir konsequent von Norden nach Süden fuhren, konnte eigentlich nur noch Freiburg auf der Liste stehen. Allenfalls noch Konstanz. Dann wäre die Reise zu Ende.

—

Nach dem Frühstück holte ich den Wagen, suchte eine Tankstelle, fuhr ihn in die Waschanlage, danach zum Staubsauger, tankte, sah Öl und Reifendruck nach und stellte ihn dann wieder auf den Hotelparkplatz. Ich hatte die ganze Nacht durchgeschlafen, zum ersten Mal auf dieser Reise, und fühlte mich fast überschwänglich lebendig. Es war nicht so schwül wie am Abend zuvor, zumindest den Fluss entlang wehte ein leichter Wind und spielte mit den Zeitungen der Männer und den Haarsträhnen und Röcken der Frauen.

Zwei Stunden musste ich noch herumkriegen, bis ich Faller am Hotel treffen würde, und ich landete natürlich bald in einer Buchhandlung, wo ich mir Unbekanntes von Hermann Kinder fand und in der Hand herumdrehte, von Enzensberger, Gabriele Goettle und Alex Capus, aber ich kaufte nichts, merkte mir nur, was ich lesen wollte, und hob es mir für ein andermal auf. Daheim. In meiner Höhle. Gebraucht.

Und dann hatte ich eine Idee: Bei meinen gelegentlichen Besuchen im Internetbuchhandel war mir aufgefallen, dass manche gut gehenden Taschenbücher zu absurd niedrigen Preisen angeboten wurden. Dreißig Cent oder weniger. Wenn es mir gelänge, mehrere zusammen beim gleichen Anbieter zu bestellen, dann würde sich das Porto so verringern, dass sich der Kauf auch für mich lohnte. Ich konnte meine Lockstoffkiste vor der Tür mit solchen angesagten Büchern bestücken, sie für drei Euro anbieten und wäre billiger als das Internet. Das würde ich versuchen. Allerdings war es mit meinem alten Computer ein ziemliches Geduldsspiel. Vielleicht sollte ich den Kauf eines neuen ins Auge fassen.

Eine Zeit lang saß ich unter Platanen, trank Cappuccino und ließ die Tübinger Bevölkerung an mir vorbeidefilieren, dann ging ich durch einen kleinen alten Park, in dem sie auf Decken lagen und lasen oder dösten, dann zurück zum Fluss, wo ich auf einer Mauer unter einer Trauerweide saß – hier könnte ich bleiben, dachte ich. Hier schwingt das Leben im richtigen Tempo. Gemächlich, aber nicht träge. Leicht, aber nicht verblödet.

—

»Freiburg«, sagte Faller nach dem Einsteigen und lobte den spiegelblanken Wagen und den frisch gesaugten Innenraum mit einem schweigenden mehrfachen Kopfnicken. Ich hatte mich schon vorher im Autoatlas kundig gemacht und fuhr nach Rottenburg, erst dort auf die Bodenseeautobahn und später wieder auf Bundesstraßen über die Baar, die europäische Wasserscheide, wie mir Faller erklärte, in Richtung Schwarzwald.

Wir sprachen fast nichts, nur hin und wieder ein paar belanglose Sätze. Mich hatte eine wohlige Melancholie erfasst und ließ mich, wo ich nicht wegen eines Überholmanövers oder einer Abzweigung aufmerksam sein musste, verträumt dahinfahren und die Anblicke aufnehmen, die sich in sanftem Wechsel boten. Als wir die Hochebene hinter uns hatten und den Abstieg ins Höllental begannen, fiel mir mein langes Schweigen auf, und ich sagte: »Sie haben schon länger keine Gedanken mehr gelesen.«

»Stimmt«, sagte er, »denken Sie was?«

»Eher nicht«, sagte ich, »ich bin nur Augen, Hände und Gasfuß.«

»Ich empfange nämlich nichts.«

»Ich dachte, vielleicht aus meinem Unterbewussten.«

»Wieso? Ist dort gerade was los?«

»Immer. Vermute ich jedenfalls. Keine Ahnung. Wenn ich's wüsste, wär's ja nicht das Unterbewusste.«

»Da komm ich jedenfalls nicht hin. Da hilft kein Röntgenblick.«

Die Kurven wurden eng und steil, es ging tief hinunter ins Tal. Mir wurde bewusst, dass dieser kleine Dialog unser erstes Geplänkel gewesen war. Das erste Plaudergespräch, das nirgendwo hinführen sollte, nur Geräusch sein, nur zeigen, dass wir beide da waren und den anderen registrierten. Wie bei alten Freunden. Ein Wärmestrom von Zuneigung lief mir durch die Glieder. Ich mochte diesen Mann.

—

An manchen Stellen mischte sich der Klang verschiedener Straßenmusiker wie auf einer Kirmes: Eine Textzeile von Nirvana wand sich in den Melodiebogen einer Mazurka, das Rülpsen eines Didgeridoos bohrte sich in die Toccata von Bach – am Himmel braute sich ein gewaltiges Gewitter zusammen, die Hitze stach, und die Wolken waren imposante Haufen mit tiefschwarzen Anteilen, die sich bräsig heranwölbten und demnächst ein urweltliches Spektakel veranstalten würden.

Faller hatte mir aufgetragen, das Münster anzusehen, und ich folgte seinem Rat. Vom »schönsten Turm der Christenheit« laut Jakob Burckhardt sah ich allerdings nur einen Teil, der Rest war bis zur Spitze in ein Baugerüst gekleidet und sah aus wie die Zeichnung eines seltsamen Kriegsgeräts von Da Vinci.

Innen übte jemand Orgel. Ich wollte mich gerade

in eine der Bänke setzen und mich von der Wucht der Klänge aufwühlen lassen, als mein Handy klingelte und ich schnell wieder nach draußen ging, um die erhabene Atmosphäre nicht zu stören. Es war Faller, der mir sagte, er könne heute Abend nicht mit mir essen, ich müsse mich selbstständig machen, solle mich einstweilen nicht vom Blitz treffen lassen, mich gut amüsieren und ihn morgen gegen Mittag wie immer vor dem Hotel treffen.

Jetzt fielen die ersten dicken Tropfen, und ich beeilte mich, zum Hotel zurückzukommen, hatte mir den Weg gemerkt, es war nicht weit – dennoch war ich nass bis auf die Haut, als ich dort eintraf.

Wenn ich Fallers Frau finden wollte, musste ich zuerst in Köln die Galerien abklappern. Vielleicht hieß eine davon sogar Galerie Faller. Aber jetzt war es ohnehin zu spät, unsere Reise war zu Ende, seine Häuser waren weg. Und ich wollte auch nicht vor einer sechzigjährigen Dame stehen und ihr erklären, dass ihr zukünftiger Exmann eine deutlich bescheidenere Lebensführung für sie vorgesehen hatte. Ich musste das nicht tun. Und es würde auch nichts mehr nützen.

Aber ich würde versuchen, Agnes zu finden. Auch wenn sich daraus nicht wieder die große Liebe rekonstruieren ließe, wollte ich doch wissen, wie es ihr ging, wie sie lebte, was sie tat, ob sie noch immer so versunken las – das hatte ich auf dieser Reise begriffen: Agnes gehörte in mein Leben. Und wenn es nur als Episode wäre, als längst vergangene Jugendliebe ohne Haltbarkeit und weitere Bedeutung – sie hatte mir die Literatur gezeigt, und die war, laut Faller, meine Kirche.

Mein Jackett würde nicht bis zum nächsten Tag trocknen. Als das Gewitter sich verzogen hatte, ging ich frierend, denn es hatte merklich abgekühlt, zurück in die große Straße und kaufte mir ein billiges schwarzes mit schmalem Revers. Meine erste Ausgabe von Fallers Honorar. Die Sandwiches und Kaffees, die Bücher und die Pferdchen hatte ich aus meinem Geldbeutel bezahlt.

Mein Städtebesichtigungskater war noch nicht verflogen. Ich wollte diese schöne nasse Stadt jetzt nicht erkunden, obwohl ich den Eindruck hatte, der Kern sei überschaubar, ich müsste nur zwei einander überkreuzende Straßen entlanggehen und dann den Ring, der sie umschloss. Ich ging ins Hotel und schlug das zweite Buch von Carofiglio auf. Mein Lesekater immerhin war vorbei.

—

Er war früh dran. Zehn nach elf trat er an meinen Tisch im Hotelgarten und sagte: »Wenn Sie bereit sind, bin ich's auch.«

»Karmapunkte?«, fragte ich und schlug mein Buch zu, nahm den letzten Schluck von meinem Orangensaft und stand auf.

»Jede Menge«, sagte er.

Als wir eingestiegen waren und ich den Zündschlüssel ins Schloss steckte, war ich so fest davon überzeugt, er würde »Köln« sagen, dass ich ihn vermutlich blöd anglotzte, weil er als nächstes Ziel »Zürich« verkündete. Ich vergaß sogar, den Schlüssel umzudrehen. Nur für einen Moment natürlich, aber lang genug, dass es ihm auffiel.

»Haben Sie schon Sehnsucht nach Zuhause?«, fragte er.

»Nein. Ich war nur fest drauf eingestellt. Daher die Überraschung.«

Er nahm einen Briefumschlag aus seiner Jacke und reichte ihn mir. »Hier«, sagte er, »die zweite Woche fängt an. Ihr Honorar.«

Ich nahm den Umschlag, steckte ihn in mein neues Jackett, das er mit einem Kopfnicken für gut befand, und drehte den Schlüssel, stellte den Schalthebel auf Drive und fuhr los.

Als wir aus der Stadt waren, dirigierte er mich nicht zur Autobahn, das wäre der schnellste Weg gewesen, sondern nach Westen über den Rhein ins Elsass. Inzwischen war mir auch klar geworden, warum es nach Zürich gehen würde – die Geldvernichtungsaktion war nicht mit dem Verschenken der Häuser zu Ende – es gab noch irgendwelche Bankgeschäfte. Vielleicht wollte er sein Vermögen irgendwie umschichten und verstecken, vielleicht auch nur von Zürich aus deutsche Konten leeren, um seiner Frau zuvorzukommen, falls sie Verdacht geschöpft hatte und die Hand drauf halten wollte. Jetzt war er mir doch wieder unsympathisch.

Und als wir den Rhein überquert hatten und

nach Süden, Richtung Mulhouse abbogen, begriff ich auch, wieso wir über Frankreich fuhren. Er hatte Bargeld dabei und wollte nicht riskieren, an der Grenze durchsucht zu werden. Wenn er über Frankreich käme, würden sich schon mal keine deutschen Zöllner für ihn interessieren, da war die Chance, gefilzt zu werden, geringer.

Wie am Tag zuvor fuhren wir schweigend, wechselten nur hin und wieder ein belangloses Wort und ließen die Rheinebene an uns vorübergleiten. Vor Mulhouse dirigierte er mich in Richtung Basel und dort, nachdem wir einen offenbar unbesetzten Grenzübergang passiert hatten, auf die Autobahn nach Zürich.

»Architektur«, sagte ich und deutete nach rechts auf ein riesiges Stadion, das nagelneu schien und schon schmutzig und vergammelt aussah. Es war vollständig mit Kunststoff verkleidet. Material, das an die vernachlässigten und billigen Plastikfolien griechischer Gewächshäuser erinnerte.

»Abscheulich«, sagte er.

Kurz vor Zürich fragte er mich, ob ich lieber mit ihm ins Grandhotel auf dem Berg wolle oder in ein zwar bescheidenes, aber dafür ganz der Literatur gewidmetes mitten in der Stadt am Fluss.

»Das kleine«, sagte ich. »Aber ich bring Sie natürlich zum Palast.«

»Nicht dass Sie sich wie der Lakai vorkommen, so war das nicht gemeint«, sagte er.

»Das weiß ich. Kein Problem.«

Trotzdem dachte ich, irgendeinen Grund wird

er wohl haben, dass ich diesmal nicht in seiner Nähe sein soll. Vielleicht wartet die nächste Freundin hier auf ihn, und er will sich nicht wieder mein vorwurfsvolles Gesicht antun. Egal. Es war mir recht. In einem Grandhotel wäre ich mir ohnehin fehl am Platz vorgekommen, eins, das sich mit Literatur schmückte, behagte mir mehr. Und es lag in der Stadt, also musste ich nicht mit dem Taxi oder einem Hotelshuttle hin und her fahren. Besser so.

Ich bereute meinen Entschluss nicht, als ich das Grandhotel sah. Hier konnte ich nicht mit meinen Jeans und dem Sechzig-Euro-Jackett von H & M herumstehen. Ich schlug vor, den Jaguar hier oben zu lassen, Faller stimmte zu, und ich nahm mir ein Taxi in die Stadt. Und fühlte mich entkommen.

—

Ich buchte das Zimmer für zwei Nächte, denn Faller hatte gesagt, er brauche den ganzen morgigen Tag bis zum Abend, vielleicht sogar noch übermorgen. Ich solle mir die Zeit nicht lang werden lassen, Zürich sei eine sehr schöne Stadt, das Kunsthaus sei schon einen Tag wert, und überhaupt beneide er mich um die freie Zeit. »Machen Sie's gut«, hatte er dann noch gesagt und mir die Hand geschüttelt. Das hatte er bisher noch nicht getan. Es hatte etwas Förmliches und Rituelles und kam mir ein bisschen seltsam vor, weil ich nicht deuten konnte, ob er die Geste pathetisch oder ironisch meinte.

In meinem Zimmer hing ein minimalistisch-abstraktes Bild an der Wand mit einem Text in der Handschrift von Urs Widmer. Auf einem Tischchen standen einige Bücher von ihm und ein Ordner, in dem Fotos vom Entstehen des Bildes, eine kurze Biografie und eine Bibliografie zusammengeheftet waren. Natürlich war das nur Dekoration, hier würde kein Nichtleser oder Widmerverächter konvertieren, aber es gefiel mir.

Es war noch früh am Nachmittag, kurz nach drei, mein Städtebesichtigungskater war überstanden, und draußen schien die Sonne. Ich ging zuerst an der Limmat, dem Fluss, der zum See führt, entlang, dann über eine Brücke, dann kreuz und quer, landete schließlich auf der Bahnhofsstraße, wo es alles zu kaufen gab, was teuer genug war, um Endorphine auszuschütten, schloss den Kreis und ging über eine andere Brücke direkt beim Bahnhof wieder zurück zum steileren und strenger dreinschauenden Teil der Stadt.

Als ich vor dem Kunsthaus stand, kaufte ich eine Karte und ließ mich durch die Räume treiben, an Böcklin, Segantini, Hodler vorbei, an Dalí, Ernst, Munch, Picasso, Gris, Miró, es war wie ein Besuch in einem früheren inneren Zuhause. Ich hätte den Bildern zunicken können, als wären sie Verwandtschaft, die man nur alle paar Jahre mal wieder auf einer Hochzeit oder einem Begräbnis trifft. Als ich jedoch um eine Ecke bog und vor drei kleinen bretonischen Gauguins stand, da war es nicht mehr die Verwandtschaft, es war die alte Liebe. Ich lehnte mich an den Türrahmen und sah mich verschämt um, ob jemand meine Tränen bemerken würde. Ich war allein. Musste sie nicht verbergen. Ohnehin versiegten sie gleich wieder. Es war mir vor mir selbst peinlich. Aber großartig war es auch.

Während der halben Stunde, in der ich bei diesen Bildern blieb, kamen nur zwei Personen an mir vorbei. Und dreimal sah ein Wächter nach mir, ich schien ihm wohl verdächtig. Danach wollte ich nichts mehr sehen und ging, ohne den Blick noch einmal zur Seite zu wenden, nach draußen.

Eigentlich hatte ich vorgehabt, in die Kronenhalle zu gehen, ein Restaurant, von dem ich gelesen hatte, dass es voller Originale von Künstlern der letzten Jahrhunderthälfte sei, aber jetzt wollte ich keine Bilder mehr sehen, jedenfalls keine, die mich hätten berühren können.

Mein Buch hatte ich im Hotel liegen lassen, also setzte ich mich vor das Café Odeon, von dem ich wusste, dass es ein berühmter Exilantentreff gewesen war, bestellte Cappuccino und sah den Zürchern beim Flanieren zu. Ich langweilte mich nicht. Ich genoss es, ein Zaungast zu sein auf der Alltags-Party dieser Leute. Sie gefielen mir, schienen gelassen, freundlich und zufrieden – niemand machte einen verwirrten, gefährlichen oder gehetzten Eindruck. Vielleicht wird man zu guter Letzt als Schweizer geboren, wenn man schließlich alle Karmapunkte beisammen, seinen Besitz verschenkt, sein Ego überwunden, Neid und Missgunst bezwungen und nur noch Gutes getan hat.

Ich fühlte mich diesmal nicht von Faller sitzen gelassen wie am Samstag, sondern als wäre ich in den Ferien. Wäre alleine hierher gereist, nur um die Stadt zu sehen, ihre Stimmung einzuatmen, mich treiben zu lassen und anzunehmen, was auf mich zukäme. Ich nahm mir vor, an diesem Abend einen guten Wein zu trinken, eine fallerfeste Qualität, egal, was es kosten würde – ich wollte nicht, wie in Marburg, den Standard-Merlot von der Barkarte in mich reinlaufen lassen. Und ich würde kein Sandwich essen, sondern irgendwo, an einem schönen Ort, etwas Richtiges. Ich wollte nicht so tun, als wäre ich Faller, aber ich wollte mir zeigen, dass ich etwas von ihm gelernt hatte. Man konnte Respekt haben vor den ganz alltäglichen Dingen und Beschäftigungen, indem man ihnen eine Würde zugestand, sich einen Preis für sie leistete, der sie höher hob als irgendeine unbeachtete Verrichtung.

—

In die Kronenhalle hatte ich nur einen Blick geworfen und war gleich wieder umgedreht, denn der einzige freie Tisch war mitten im Raum, und ich wollte an der Wand sitzen. Ich nahm mir vor, hier am Vormittag einen Kaffee zu trinken, und ging wieder zum Kunsthaus, dort hatte ich ein schönes

Restaurant gesehen. Leider war es schon geschlossen, also schlenderte ich unschlüssig in Richtung Theater, sah dort ein Lokal, das mir gefiel – leer war es obendrein, weil die Vorstellung angefangen hatte –, und noch bevor ich mich setzte, sprach mich jemand an.

»Andreas?«

»Nein, Alexander.«

Es war Anja. Sie saß am Fenster und lächelte.

»Entschuldigung. Das ist peinlich.«

»Ist es nicht. Ihr Gesichtergedächtnis ist eben stärker als Ihr Namensgedächtnis. Hallo. Treffen Sie sich mit Herrn Faller?«

»Morgen. Ich bin heute schon hergefahren, weil ich ins Theater wollte, aber so schlau, dass ich Karten vorbestellt hätte, war ich leider nicht, es ist ausverkauft.«

»Oje, dann muss es ein Plan B sein.«

»Haben Sie was vor? Entwerfen wir Plan B zusammen?«

»Gern. Haben Sie Hunger?«

»Nein, nicht so richtig. Ich habe vorher was gegessen, Sie?«

»Nein«, sagte ich, obwohl das gelogen war und meine Anti-Brötchen-Planung über den Haufen warf. Ich hatte mich neben sie auf die Bank gesetzt. »Sollen wir an den See gehen? Spazieren? Kino? Einen gepflegten Alkoholexzess, wie ich ihn jetzt mit Herrn Faller angehen würde, wage ich nicht, Ihnen vorzuschlagen. Sie scheinen mir nicht der Typ für so was.«

»Das kommt hin«, sagte sie, »ja. See ist gut. Gehen wir. Ich hab schon bezahlt.«

Wir gingen bergab zu einem Platz, der Bellevue hieß und voller Straßenbahnen war, dann auf eine breite Brücke über die Limmat bis zu einer Anlegestelle für Ausflugsschiffe. Unterwegs erzählte sie, dass sie in Frankfurt lebe, dort Sozia in einer Kanzlei sei, aber das immer stärkere Gefühl habe, es müsse anders werden. Die Klientel aus Immobilienbesitzern, auf die man sich spezialisiert habe, sei gut zum Geldverdienen und schlecht für den Charakter. Außer Marius sei kein interessanter und lebendiger Mensch unter den Mandanten, der Beruf sei was für Zombies.

»Sie sind ganz sicher ungerecht«, sagte ich.

»Da haben Sie ganz sicher recht«, sagte sie, »es wird eher an Marius liegen, dass mir die anderen so leer vorkommen. Er ist nicht leer. Er ist lebendig.«

»Damit haben jetzt Sie ganz sicher recht.«

»Woher kennen Sie beide sich eigentlich?«

»Er hat mich vor einer Woche angesprochen und wollte mir seine Bibliothek verkaufen. Ich habe einen Buchladen, gebrauchte Bücher. Dann hat er mich gefragt, ob ich Lust hätte, den Chauffeur zu machen, und ich hatte Lust.«

»Erst seit einer Woche? Er hat gesagt, Sie seien sein Freund.«

»Es fühlt sich auch so an«, sagte ich, »aber die Freundschaft ist jung. In der Hauptsache bin ich der Chauffeur.«

»Sollen wir? Haben Sie Lust?« Sie deutete auf ein Ausflugsschiff, das eben angelegt hatte und von dem jetzt ein paar Fahrgäste über die Planke herunterschlenderten.

»Ja. Gern. Darf ich Sie einladen?«

Sie hob die Schultern, ich nahm das als Zustimmung.

—

Das Schiff fuhr in Richtung Rapperswil, vorbei an Villen und Wohnanlagen, das Wasser roch metallisch, und der Schiffsmotor knurrte nervös – da war eine Art Husten oder Bellen, das immer wieder den Gleichlauf unterbrach.

Ich hatte mir an der Theke ein belegtes Brötchen geholt und ein Glas Wein – kein Merlot, ein Dole, aber nicht dazu angetan, Ehrfurcht auszulösen –, für Anja hatte ich ein Glas Sekt nach draußen gebracht, und da standen wir nun an der Reling und starrten in die Ferne.

»Kennen Sie sich schon lange?«, fragte ich, um den Faden wieder dort aufzunehmen, wo er gerissen war.

»Beruflich schon fast fünf Jahre, so lang ist er schon Mandant bei uns, aber Freundschaft wurde erst vor einem Jahr draus. Nach dem Tod seiner Frau. Er war so erschüttert, dass ich dachte, er tut sich was. Also habe ich versucht, ein bisschen auf ihn aufzupassen. Er war wirklich am Ende. Erst jetzt, in den letzten Wochen, hat er wieder seine Lebendigkeit zurückgewonnen und fängt neu an.«

Ich starrte aufs Wasser und schwieg. Sie sah mich irgendwann an. »Was ist? Sie sind auf einmal so blass, was ist los?«

»Er hat mir gesagt, seine Frau hätte ihn verlassen. Ich wusste nicht, dass sie tot ist.« Ich konnte nicht verhindern, dass mir die Stimme verrutschte und mir Tränen in die Augen stiegen. Ich wandte mich schnell ab, damit sie es nicht sah, aber das Kieksen meiner Stimme musste sie gehört haben.

Faller tat mir so leid in diesem Augenblick, und ich schämte mich gleichzeitig, ihn schon wieder so falsch beurteilt zu haben, ich hatte ihn für rachsüchtig gehalten, wo er nur trauerte, hatte die Liebe, die er dieser Frau nachtrug, zu Heuchelei erklärt – mir sackte der Magen ab, und ich wusste nicht, ob ich als Nächstes kotzen oder laut losheulen würde. Sie ließ mich in Ruhe, bis ich mich irgendwann wieder so weit im Griff hatte, dass ich sagen konnte: »Ich dachte, er verschenkt die Wohnungen, um sie bei der Scheidung zu düpieren. Damit sie dann schlechter dasteht oder so.«

Anja legte ihren Arm um meine Schulter. Sie sah nicht her zu mir, das stellte ich mit einem kurzen Blick in ihre Richtung fest, sie sah weiter aufs Wasser, aber sie hielt mich fest, damit ich wieder stabil werden konnte. »So ging's mir auch«, sagte sie leise, »als er damals vor mir stand und sagte, sie ist tot, da wusste ich auch nicht, wohin mit mir. Aus ihm war alles draußen, er war wie eine Schaufensterpuppe, nicht mal seine Stimme klang noch nach ihm.«

Wir standen ziemlich lange so da – nach und nach spürte ich ihren Arm auf meinen Schultern, spürte Wärme, die von dort ausging und in mich eindrang, und irgendwann hatte ich mich wieder im Griff – die Kotz- oder Heulgefahr war vorüber.

»Gemeinsamer Besitz wären übrigens nur die Häuser gewesen, die er in der Zeit seiner Ehe gekauft hat«, sagte Anja, »alles, was er vorher schon besaß, käme nicht in den Zugewinn.«

»Das wusste ich nicht. Ich dachte, man teilt alles.« Da war wieder eine Art Kiekser in meiner Stimme. Und mein Atem ging nur bis knapp unter den Kehlkopf.

»Tut mir leid, dass ich Sie so schockiert habe«, sagte Anja. »Es geht Ihnen nah.«

Ich schwieg.

»Aber er ist drüber weg. Das glaube ich jedenfalls. Diese ganze Aktion mit den Wohnungen – das ist sein Neuanfang. Er macht sich frei, lässt sein altes Leben hinter sich, um ein neues zu beginnen.«

Es schien, als horchte sie ihren eigenen Worten hinterher. Und als fehle noch was, eine wichtige Ergänzung oder der richtige Schluss, sagte sie dann noch: »Er hat sich gefangen.«

»Warum sagt er mir, sie hätte ihn verlassen?«

»Vielleicht, um Sie zu schonen? Sind Männer nicht so? Wortkarg, wenn's um Gefühle geht?«

Darauf wusste ich nichts zu sagen. Sie konnte recht haben. Ich spürte, dass meine Beine immer noch weich waren, und fragte, ob wir uns irgendwo hinsetzen könnten. Wir gingen nach hinten und entschieden uns für die letzte Bank, von der aus man auf das Kielwasser sah.

»Sie sind immer noch durch den Wind«, sagte Anja und legte ihren Arm wieder um mich.

Und dann verstummte der Motor. Und das Licht erlosch. Und in der darauf folgenden Stille hörten wir Schritte, die auf Eisen dröhnten, Stimmen vom Vorderschiff und dann, näher, eine Stimme, die uns auf Schwyzerdütsch erklärte, der Motor sei ausgefallen, und falls der Schaden nicht gleich wieder behoben werden könne, rufe man ein Schiff, das uns zurückbringe.

»Haben Sie was verstanden?«, fragte Anja.

»Alles«, sagte ich, »wir warten auf die Reparatur, oder man holt uns ab.«

Die Sonne war schon vor einiger Zeit untergegangen, und ohne das Licht an Bord war es fast Nacht, so dunkel jedenfalls, dass man keine Farben mehr sah. Niemand kam, man ließ uns in Ruhe – aus dem Schiffsinneren klangen Geräusche, das Öffnen und Zuschlagen von Türen oder Klappen –, die wenigen Fahrgäste, die mit uns aufs Schiff gekommen waren, blieben entweder im Restaurant sitzen oder waren vorne am Bug. Ich bemerkte Anjas Geruch. Zart und weich und frisch. Ihr Arm lag noch immer um mich.

Ich legte meine Hand auf ihre. Ich glaube, ich wollte mich damit bedanken für die Geste, dafür, dass ihr Arm auf meinen Schultern lag, ich wollte ganz sicher keine weitere Annäherung damit provozieren, aber sie wandte sich mir zu und küsste mich. Und ich legte meine Hand unter ihr Ohr, während wir uns küssten, ließ sie langsam an ihrem Hals nach unten gleiten, dann über ihre Brust und ihren Bauch bis zu ihrem Schoß. Dort lag sie und wartete, auf ein Signal aus meinem Gehirn oder ihrem Verhalten, die Erlaubnis, sich zu bewegen, oder den Befehl, von dort zu verschwinden.

Und dann hatte ihre Hand denselben Weg über meinen Körper genommen und lag leicht und ohne auf Zeichen warten zu müssen da, denn meine Reaktion an Ort und Stelle war deutlich. Es war ein Doppelereignis – oben der Kuss und unten die Hände –, nein, sogar ein Dreifachereignis, denn meine Ohren waren in Alarmbereitschaft auf das Schiff hinter uns gerichtet, hellwach, um das Geräusch sich nähernder Schritte zu erfassen. Da waren aber keine Schritte, nur die fernen Stimmen und das leise Plätschern des Wassers an der Bordwand.

Ihre Hand öffnete meinen Reißverschluss, ich konnte nicht dasselbe tun, denn ihre Leinenhose hatte keinen – meine Hand nahm den Weg von oben, und Anja drehte sich ein wenig weg von mir, damit ich mir nicht das Handgelenk brechen würde. Inzwischen hatten unsere Münder sich voneinander gelöst, und wir saßen, Kopf an Kopf, Ohr an Ohr, schauten jeder in seine Richtung und ließen unsere Hände sich bewegen.

»Das darf Marius nicht erfahren«, flüsterte sie, und

ich flüsterte: »Wird er nicht«, und unser Flüstern klang schon atemlos und selbstvergessen, diese beiden Stimmen waren nicht mehr Stimmen von Menschen, die wissen, was sie tun, es waren Stimmen von Menschen, die darüber staunen.

Es ging viel zu schnell bei mir – ihre papierleichte Hand, ihr Duft und ihre weiche Haut an meinen Fingern, dazu die Angst, es könne jemand kommen und uns ertappen, das Licht könne angehen und uns für jeden sichtbar machen – das alles war so erregend, dass ich wenig später mit vagem Schrecken begriff: ich hatte keine Ahnung, wohin mit dem, was da gleich aus mir herausschießen würde. »Ich komme gleich«, hörte ich meine eigene Stimme sagen, »was dann?«

Sie beugte sich herunter, brach mir fast den Arm dabei, ich musste ihn wegziehen, währenddessen ließ ihre Hand nicht nach in ihrer Bewegung, sie legte nur zusätzlich ihre Lippen um mich, und als ich erkannte, was sie tat, war es auch schon so weit. Sie nahm alles in sich auf. Sie passte sich geschickt den zuerst wilden, dann matter werdenden Zuckungen meines Unterleibs an, ließ dann von mir ab, schloss den Mund, stand auf, ging zur Reling und spuckte den Inhalt ins Wasser. Sie wischte sich den Mund, kam her und lachte so breit, dass ich meine Verlegenheit überwand und es schaffte, die Handgriffe zu beherrschen, mit denen ich einen halbwegs zivilisationskompatiblen Zustand meiner Hose wiederherstellte. Sie lächelte noch immer und setzte sich wieder neben mich.

»Wir sind ein gutes Team«, sagte sie und fuhr mir mit der Hand durch die Haare, weil sie meine Verwirrung sah.

Ich musste sie wohl ein wenig verzweifelt oder beschämt angesehen haben, denn, nach einem prüfenden Blick in meine Augen, sagte sie noch: »Jetzt fang mir bloß nicht mit Schuldgefühlen an, weil du Erster warst. Das kommt vor, oder?«

Ich wusste nicht, wie ich ihr anbieten sollte, weiterzumachen, alles, was mir einfiel, wäre schuljungenhaft und peinlich gewesen. Vielleicht sah sie, was ich dachte, denn sie schüttelte nur den Kopf.

»Liest du gerade meine Gedanken?«, fragte ich, ohne zu bemerken, wie nah sie das an Faller rückte.

»Klar. Du meinst immer noch, du seist mir schuldig. Das ist nicht so. Es war toll.«

Eigentlich hätte jetzt das Schiff auftauchen müssen, das uns abholte, aber es dauerte noch fast eine halbe Stunde, in der uns niemand störte, nichts geschah, wir kein Wort mehr sprachen und uns nicht mehr berührten. Wir sahen uns manchmal an und lächelten. Ich atmete ihren Duft tief ein und war mir im Klaren darüber, dass ich in diesem Moment etwas Unvergessliches und Unwiederholbares erlebte. Nein, ich erinnerte mich schon daran. Während ich es gleichzeitig noch erlebte. Irgendwann nahm sie meine Hand, und wir saßen da wie ein junges Liebespaar oder altes Ehepaar. Und warteten auf das Schiff.

—

»Und jetzt«, fragte ich, als wir wieder festen Boden unter den Füßen hatten. Ich fühlte mich noch immer in ihrer Schuld, aber ich hätte auch hüpfen können, oder laut singen – am liebsten wäre ich gerannt bis zum Seitenstechen.

»Ich bin müde. Die lange Fahrt.«

»Darf ich dich zu deinem Hotel begleiten?«

»Zum Parkhaus, gern.«

Sie schlug den Weg zurück in Richtung Theater und Kunsthaus ein, und ich ging neben ihr, ohne nach ihrer Hand zu greifen. In den Blicken vorbeigehender Männer sah ich ihre Schönheit aufblitzen und war stolz, mit dieser außergewöhnlichen Frau gesehen zu werden, mit ihrem hellen, hochgesteckten Haar und der sicher teuren Kleidung in Grau-, Sand und Grüntönen – sie war einen halben Kopf größer als ich und ganz sicher ein paar Jahre älter.

Im Parkhaus ging sie zu einem dunkelroten Porsche, die Türverriegelung schnappte auf, sie öffnete die Fahrertür, warf ihre Tasche auf den Beifahrersitz und sah mich an. »Das ist aber schon klar, dass das einmalig war?«, sagte sie mit einem forschenden Blick in meine Augen. »Wir sind jetzt kein Liebespaar.«

Ich nickte.

»Und Marius darf das nie erfahren.«

Ich nickte wieder.

Sie küsste mich schnell auf den Mund und legte mir einen Finger an die Lippen.

»Danke«, sagte ich.

»Sehr gern«, sagte sie, »und gleichfalls«, und stieg ein.

Der Löwensound ihres Wagens stand ihr gut. Ich sah ihr nach, bis sie um die Ecke gekurvt und in den Tiefen des Parkhauses verschwunden war.

—

Auf meinem Weg durch die Altstadt merkte ich, dass mich ein Durcheinander von Gefühlen verwirrte: eine Art postorgasmische Traurigkeit, das Bedauern, ihr nicht ebenso viel Glück beschert zu haben wie sie mir, der etwas alberne Stolz, von dieser bemerkenswerten Frau erwählt worden zu sein, ein immer stärker werdendes Mitleid mit Faller, der seine große Liebe an den Tod verloren hatte, und ein mich zwar beschämendes, aber nicht zu unterdrückendes Triumphgefühl, einem solchen Mann die Freundin ausgespannt zu haben. Auch wenn es nur eine Episode war, es fühlte sich an, als hätte ich einen Lehrer oder ein Idol übertrumpft. Kindisch.

Als ich im Hotel ankam, nahm ich ein Glas Wein und eine Tüte Chips mit aufs Zimmer, öffnete das Fenster, zog mich aus, legte mich nackt aufs Bett, ohne mich zuzudecken und ließ die Wärme der Nacht an meine Haut und die Geräusche der aufbrechenden und nach Hause oder nur anderswohin strebenden Kneipengäste an meine Ohren, wollte auf das Abflauen der gemischten Gefühle warten, aber sie blieben, durcheinander und widersprüchlich, aufregend und irgendwann dann doch ermüdend – ich stand auf, wischte die Chipskrümel vom Laken, trank den letzten Schluck und legte mich wieder ohne Decke hin. Draußen war Stille. Nur das Quietschen einer Straßenbahn unten am Limmatkai war noch ab und an zu hören.

—

Das Buch lag neben mir auf dem Frühstückstisch – ich schlug es nicht auf – die Gedanken an den gestrigen Abend waren zu genussvoll und euphorisch, als dass ich sie hätte beiseiteschieben können. Ich fühlte mich wie mit achtzehn, als wäre ich irgendwie aus meiner faden Teenagerexistenz erhoben worden und ab sofort bereit und fähig, mein eigenes, selbstverständlich aufregendes Leben zu gestalten.

Es war nicht nur die spontane Zuwendung, die mir Anja auf dem Schiff gewährt hatte, es war auch Fallers Umgang mit mir, die Anerkennung in seinem Blick, seine Art, mich einzubeziehen – er nannte mich seinen Freund – ich fühlte mich verändert, gewachsen, sicherer als vorher, jetzt musste mir nur noch einfallen, *was* ich aus meinem Leben machen würde. *Dass* ich etwas daraus machen wollte, mehr als nur einen Buchramschladen betreiben, das wusste ich jetzt.

Ich ging noch einmal ins Kunsthaus, um in Ruhe auch die anderen Bilder anzusehen. Die Gauguins mied ich. Wieder fühlte es sich an wie eine melancholische Heimkehr oder ein Besuch bei mir selbst als jemandem, der ich nicht mehr war. Vielleicht hatte ich mir damals eingebildet, meine Begeisterung für Malerei könnte mich zu einer Art von Teilhaber machen, mir etwas von der Größe und Bedeutung der Kunst abgeben, mich erheben über andere, mir ein Anrecht auf den Dünkel verschaffen, den ich zwar an den Tag legte, der mir aber nicht zustand.

Später schlenderte ich durch die Stadt, steckte meine Nase in Second-Hand-Kleiderläden, Antiquitätenläden, Buchläden, kaufte nichts, aber fasste alles an, was Charme besaß.

Es war kurz vor drei, als ich ins Hotel zurückging – das obligatorische Sandwich hatte ich längst gegessen, jetzt wollte ich schlafen und mir dann das Kinoprogramm ansehen. Wenn Faller heute mit Anja verabredet war, würde er sich nicht bei mir melden, zumindest nicht um mit mir essen zu gehen. Wir würden morgen irgendwann zurückfahren – bis dahin hatte ich frei.

Der junge Mann an der Rezeption gab mir einen Umschlag. Darauf stand mein Name und, in einer anderen Handschrift: *Lies und komm ins Hotel.*

—

Lieber Alexander,

Sie haben kürzlich gesagt, ich sei mutig, das ist nicht wahr. Wenn Sie diesen Brief lesen, dann habe ich schon gekniffen. Vor einer schmerzhaften und aussichtslosen Krebs-Therapie und vor einem Leben, das mir ohne meine Frau nicht mehr gefiel. Früher konnte man noch an gebrochenem Herzen sterben, das geht heute nicht mehr, heute ist es, zumindest in meinem Fall, die Bauchspeicheldrüse. Ich werde, wenn ich diesen Brief und einen weiteren an Anja geschrieben habe, ein unauffälliges Haus aufsuchen, einen unauffälligen Klingelknopf drükken, in ein unauffälliges Zimmer gehen und dort ein Becherchen austrinken. Dann schlafe ich ein und wache nicht mehr auf. Den Mut, den es dazu braucht, bringe ich auf, das schafft man auch als Feigling.

Dieser Brief ist eine Zumutung, ich weiß das, ich schockiere Sie, und vielleicht stürze ich Sie sogar, trotz der kurzen Dauer unserer Freundschaft (ja wirklich, es hätte unter anderen Umständen eine werden können) in echte Trauer. Das tut mir leid, aber ich bin so egoistisch, meinen rechtzeitigen Abgang über Ihren Schock oder Kummer zu stellen. Bitte versuchen Sie, mir diese Rücksichtslosigkeit zu verzeihen. Ich hatte in Freiburg überlegt, mit der Bahn hierher zu fahren, um Ihnen das »Ziel« meiner Reise zu ersparen, aber Sie hätten diesen Brief oder einen ähnlichen dann eben ein paar Tage später bekommen, denn ich schenke Ihnen die Wohnung samt Bibliothek und Weinregal und was auch immer von meinen Sachen Sie behalten wollen. Auch der Jaguar ist Ihrer. Die Freude, die Sie daran haben, hat mich daran erinnert, was Ästhetik für Menschen mit Sensorium bedeuten kann. Im Handschuhfach liegt ein Umschlag mit Bargeld, und zur Wohnung gehört ein Konto, das Anja auf Sie überschreiben wird. Sie regelt meinen Nachlass und wird alle Dokumente aus meinem Arbeitszimmer holen, Ihren Grundbuchtermin und das Überschreiben des Wagens, des Telefonanschlusses und des Bankkontos für Sie regeln. Ich hoffe, mein bescheuerter Halbbruder wird, falls Anja, die ich zur Alleinerbin des restlichen Vermögens gemacht habe, das nicht verhindern kann, möglichst wenig aus meinem Erbe kriegen. Ihren Teil jedenfalls nicht, das steht fest. Anja hat die Schenkungsurkunden und die Vollmacht für alles. Bitte seien Sie ihr eine Stütze, wenn das möglich ist, und wenn sie es braucht. Ihr füge ich mit meiner schnellen Flucht noch Schlimmeres zu, sie mag mich, ist vielleicht sogar verliebt, und musste den Eindruck haben, ich sei wieder in Ordnung und hätte mich gefangen.

An ein Leben nach dem Tode glaube ich nicht, aber drücken Sie mir trotzdem bitte die Daumen. Man kann nie wissen. Wir beide hätten einander unter besseren Umständen gern gehabt. Ich hatte Sie jedenfalls gern und danke Ihnen für die Gesellschaft, die Sie mir auf den letzten Metern meiner Strecke geleistet haben. Machen Sie's gut, und stoßen Sie hin und wieder mit dem Chianti auf mich an. Herzlich. Marius Faller.

—

Ich solle vom Aufzug weg einfach solang geradeaus gehen, bis ich auf eine Wand stoße, hatte der Portier gesagt, dann das Zimmer rechts. Die Stille am Ende des Flurs, auf dessen weichem Teppich ich meine Schritte nicht hörte, wurde größer, je näher ich ihr kam. In manchen Albträumen versinkt man im Boden, je weiter man geht, immer tiefer, und damit rechnete ich, aber nichts geschah. Die Tür war angelehnt, ich klopfte trotzdem, um mich anzukündigen, und trat ein. Sie saß auf einem der weißen Sessel, hatte einen Brief wie meinen vor sich auf dem kleinen Tischchen liegen, daneben einige weitere Papiere, und sah mich kurz mit leeren Augen an.

Ich setzte mich in den Sessel neben ihr.

»Das tut mir leid«, sagte ich nach einiger Zeit, in der sie nur auf die Tischplatte gestarrt hatte. Vielleicht saß sie schon seit Stunden so. Sie sah mich wieder kurz an, wieder mit diesem leeren Blick, in dem sich nichts zeigte, kein Schmerz, kein Zorn, nicht einmal, ob sie mich erkannte oder wenigstens als Mensch wahrnahm – ich hätte auch das Flattern des Vorhangs sein können oder ein Krümel auf der Tischplatte.

Lange saß ich so bei ihr, über eine Stunde, in der sie sich nicht bewegte, kein Geräusch von sich gab, nur dasaß wie eine Skulptur von Segal, die irgendwer so realistisch bemalt hatte, dass man sie für einen wirklichen Menschen halten konnte.

Ich dachte nichts. Ich freute mich nicht über meinen unerwarteten Reichtum, und ich fühlte keine

Trauer über Fallers selbst gewählten Tod. Das wäre später. Jetzt war nur warten.

Irgendwann sagte sie leise: »Arschloch«, und schüttelte den Kopf. Dann saß sie wieder still. Ich wusste, dass sie nicht mich meinte, und blieb so wie ich war, ebenfalls eine Figur, die sich nicht rührte, die die Luft nicht bewegte, außer mit sehr vorsichtigen Atemzügen, so vorsichtig, dass sie nichts durcheinanderbringen konnten.

Wie viel Zeit so verging, weiß ich nicht mehr, vielleicht zwei Stunden, vielleicht etwas weniger, bis Anja tief einatmete, die Papiere auf dem Tischchen anhob, den Schlüssel des Jaguars und einen weiteren, sicher den für die Wohnung, darunter hervorholte, mir zuschob und sagte: »Fahr heim. Ich regle das hier alles.«

»Kann ich nichts helfen?«

»Nein. Ich komm nach Köln. Ich ruf dich an.«

Ich stand auf, griff nach den Schlüsseln, schrieb ihr meine Handynummer und die Nummer des Ladens auf meinen Briefumschlag, nahm den Brief heraus, steckte ihn ein und hätte sie gern in den Arm genommen, aber die Neutralität, die von ihr ausging, hinderte mich daran. An der Tür sah ich mich noch einmal um. Keine Träne. Kein Ausdruck. Eine Figur von Segal.

—

Nach einem Blick ins Handschuhfach nahm ich wieder den Weg über Frankreich und bog erst in der Pfalz wieder nach Osten ab. Der Umschlag enthielt Fünfhunderterscheine, ich zählte sie nicht, aber es war viel Geld. Ich fuhr wie ein Automat. Als säße Faller hinter mir im Fond, wäre aber jemand anderer, ein Boss oder Politiker, der wünschte, nicht gestört zu werden, und ich wäre wirklich der Chauffeur, der nur als Teil der Maschine funktioniert. Manchmal kam mir für einen Moment mein Glück zu Bewusstsein, das Auto war meins, ich fuhr auf eine großartige Wohnung zu und hatte zumindest mittelfristig ausgesorgt, aber es fühlte sich nicht annähernd so euphorisch an, wie es sollte. Es war eine Art Ausatmen, eine Art Erleichterung, etwas wie ein Schwächegefühl, mehr nicht. Möglicherweise begriff ich es noch nicht richtig, oder es war zu eng mit Fallers Tod verbunden, der mir jetzt doch immer näher rückte, je weiter ich fuhr. Als ich auf dem Rasthof Limburg den Umschlag aus dem Handschuhfach nahm und in meine Jacke steckte, fiel die CD heraus. Und als ich die vom Boden nahm und zurücklegte, verschwamm der Anblick, und ich setzte mich wieder in den Wagen, schlug die Tür zu und weinte, bis die Scheiben beschlugen.

—

Die Wohnung betrat ich erst zusammen mit Anja. Vier Tage später. Inzwischen war ich nur einmal kurz im Laden gewesen, hatte ihn aber nicht geöffnet, nur den Staubsauger durchgeschoben und kurz gelüftet, mich bei der Vermieterin zurückgemeldet und das Buch und die Pferdchen für Kati hinter der Theke deponiert. Die übrige Zeit hatte ich zu Hause verbracht, ohne irgendwas zu tun, außer ein bisschen aufzuräumen, zu waschen, Zeitung zu lesen und mir vorzustellen, wie ich vor Agnes' Elternhaus aus dem Jaguar steige und dann später irgendwann vor dem Haus in Südfrankreich, in dem sie einsam, geschieden oder mit dem falschen Mann lebt. Ich stünde dann als anderer Mann vor ihr, verwurzelt, erfolgreich, erwachsen, nicht mehr als der hochnäsige Träumer, den sie gekannt hatte und von dem sie behauptet hatte, jemand müsse für ihn sorgen, weil er allein nicht lebensfähig war.

Als Anja anrief und sagte: »Sechzehn Uhr dreißig auf dem Melaten-Friedhof«, nahm ich alles, was ich brauchte und was schwarz war, aus dem Schrank und zog es an. Ich ließ den Jaguar stehen, nahm stattdessen die Straßenbahn und war kurz nach vier Uhr dort.

Sie war perfekt angezogen, schwarz in schwarz, einen Blumenstrauß im Arm und noch immer so neutral und leblos wie in Zürich. Aber sie küsste mich auf die Wange zur Begrüßung. Dann ging sie voraus durch den Friedhof, den sie offenbar schon kannte, bis zu einem ausgehobenen Urnengrab, an dem ein uniformierter Mann auf uns wartete. Er hatte die Urne neben sich stehen.

»Er wollte nur uns, niemand sonst«, sagte sie.

Sie nickte dem Friedhofsangestellten zu, als wir bei ihm angekommen waren, gab ihm die Hand und bat ihn mit einem weiteren Kopfnicken anzufangen. Er ließ die Urne ins Grab sinken, dann das Netz, in dem er sie gehalten hatte, Anja nahm eine Blüte aus dem Strauß in ihrem Arm, küsste sie und warf sie in die Tiefe. Dann warf sie den Rest des Straußes hinterher.

Wir standen eine Weile, bis sie »Danke« zu dem Friedhofsangestellten sagte, ihm wieder die Hand gab und ihn bat, uns noch eine Zeit lang allein zu lassen. Ich hatte daran gedacht, Geld einzustecken, und gab ihm einen Fünfzig-Euro-Schein, den er mit würdevollem Ernst annahm und in seiner Jackentasche verschwinden ließ. Dann entfernte er sich, ging zu einer Baumgruppe in etwa dreißig Metern Entfernung und beobachtete uns diskret von dort.

Endlich weinte Anja. Ich legte meinen Arm um sie, so wie sie ihren damals auf dem Schiff um mich gelegt hatte, ganz leicht, nur so, dass sie es merken würde, aber sie schüttelte den Kopf, und ich wusste nicht, ob sie mich damit meinte oder Faller, also nahm ich den Arm wieder weg.

Ich weinte nicht, aber ich hörte mich innerlich sagen: »Mach's gut, Marius Faller, ich drück dir die Daumen, falls da wirklich was ist.«

Nach einem tiefen Ausatmen nahm sie das Taschentuch, das ich schon eine Weile in der Hand hielt, trocknete ihr Gesicht damit und ließ es ins Grab fallen. Es war ein Stofftaschentuch, das ich in der Schublade meines Badschränkchens gefunden und extra hierfür eingesteckt hatte. Ich schaute mich nicht nach dem Friedhofsmann um, ob er diese Geste eventuell missbilligen würde, ich fand sie schön – es war kein Abfall, es waren ihre Tränen, die sie ihm ins Grab mitgab. Jetzt hätte ich das Taschentuch selbst gebrauchen können.

—

Ich glaube, es fiel ihr so schwer wie mir, aus dem Aufzug in die Wohnung zu treten. Als müssten wir durch eine Wand aus Luft, hinter der alles anders wäre. Aber nichts war anders, diese Wohnung wusste nichts vom Tod ihres Herrn. Anja griff nach meinem Arm, und ich war froh, ihr den starken Mann vorspielen zu können, der sie ins gefährliche Terrain begleitete und Schutz vor allen bösen Geistern garantierte.

Sie kannte sich aus. Ich wagte nicht, den Gastgeber zu markieren, ging einfach in die Bibliothek und setzte mich dort, dachte an Faller und war mir sicher, er würde noch lange hier mit mir sein. Als Geist. Nicht als Gespenst, nicht bedrohlich und nicht wie einer, der mir den Platz hier streitig machen wollte, sondern als Gastgeber, der mir helfen würde, mich einzuleben, die Dinge nach und nach als meine zu betrachten – er würde mit mir anstoßen und mich willkommen heißen.

Ich saß nur da und hörte Anja in Fallers Arbeitszimmer rumoren. Irgendwann kam ich auf die Idee, ihr anzubieten, ob sie nicht hier schlafen wolle, und ich ging nach nebenan. Sie weinte, während sie einen Ordner nach dem anderen aus dem Regal nahm und in einer großen blauen Ikea-Tasche verstaute. Sie weinte geräuschlos, schniefte nicht, schluchzte nicht, ließ die Tränen einfach so von ihrem Gesicht auf den Boden, die Ordner oder in die Tasche fallen. Sie merkte es vielleicht nicht mal.

»Soll ich dich allein lassen?«, fragte ich, »du könntest hier schlafen, wenn du willst. Ich wohne nicht weit und kann kommen, wenn du mich brauchst. Zum Tragen oder zum Essen, oder zum Nichtalleinsein.«

Sie nickte. Und arbeitete weiter. Ich ging. Und wartete den ganzen Abend auf ihren Anruf.

—

Am nächsten Tag machte ich den Laden auf. Anja hatte meine Handynummer und konnte mich jederzeit erreichen, ich musste nicht bei mir zu Hause warten.

Kaum hatte ich die Kisten mit dem Lockstoff

draußen stehen und das Wechselgeld in die Kasse gelegt, da klapperte auch schon Katis Fahrrad vor der Tür.

»Wo hast du gesteckt?«, fragte sie und wehte an mir vorbei, um den Tisch mit Bildbänden etwas weiter hinten im Raum zu inspizieren.

»War auf Reisen«, sagte ich, »und ich hab was für dich mitgebracht.«

Sie kam her und sah mir zu, wie ich das Morsbach-Buch und die beiden Pferdchen unter meiner Theke hervorholte und vor sie hinlegte.

»Zum Kaufen?«

»Nein. Das ist ein Geschenk. Reisemitbringsel.«

»Danke«, sagte sie und nahm die Sachen an sich. Es klang so, als bekäme Sie einen Schlumpf statt einer Barbie zum Geburtstag.

»Hast du vielleicht was über Heidi Klum?«, fragte sie dann noch, und ich schüttelte nur den Kopf, bemüht, meine Enttäuschung nicht zu zeigen. Sie lächelte, winkte mit dem größeren Pferdchen und wehte hinaus. Wenigstens wehte sie noch.

—

Am Nachmittag, genau zwölf Minuten nach drei, gehörte die Wohnung mir. Anja hatte einen Termin bei einem unabhängigen Notar bekommen. Als ich unterschrieben hatte und wir beide nacheinander dem Mann die Hand schüttelten, lächelte sie mich sogar an. Dann küsste sie mich auf beide Wangen und sagte leise: »Es soll dir gut gehen.«

Später half ich ihr, die Dokumente ins Auto zu tragen – es waren zwei volle Ikea-Taschen, die wir zu zweit nach unten bringen und auf den Boden und Beifahrersitz des Porsches wuchten mussten – den kleinen Kofferraum hatte sie schon gefüllt.

Wieder oben in der Wohnung zeigte sie mir die Rechnungen, die sie für mich kopiert hatte – Strom, Gas, Wasser, Telefon, Haftpflicht und Steuer fürs Auto – ich sollte dort anrufen oder vorbeigehen und die Verträge auf mich umschreiben lassen. Sie trank ein Glas Wasser, das sie sich aus der Küche geholt hatte, und zog noch einen von Hand beschrifteten Zettel unter dem Dokumentenstapel hervor. »Bist du das?«, fragte sie, »die Handschrift kenn ich nicht. Und das ist nicht deine Adresse, oder?«

Alexander, stand da, *Jakobstraße 184*, *Second-Hand-Bücher.*

Mir kam die Schrift vage bekannt vor.

»Das ist mein Laden«, sagte ich, »wo ist das her?«

»*Du* bist das?«, sagte sie, als gehe ihr ein Licht auf. Ich verstand nichts.

»*Was* bin ich?«

»Er hat mir vor einiger Zeit erzählt, seine Frau habe ihn gebeten, nach einem Jugendfreund von ihr zu sehen. Er solle ihm unter die Arme greifen, falls nötig. Das war ihr einziges Vermächtnis. Das hat sie ihm aufgetragen, kurz bevor sie starb.«

Ich weiß nicht, ob ich schon begriff, oder ob ich noch hoffte, ich könne mich irren. Ich starrte sie an und fühlte gleichzeitig, wie das Blut aus meinem Gesicht, aus dem Magen, aus meinen Beinen, aus meinem ganzen Körper abfloss, nach unten, in die Zehen oder in den Boden.

Sie zuckte die Schultern. »Mehr weiß ich nicht. Er hat gesagt, Agnes wollte das, und ich mach das. Ich hoffe, der Kerl ist es wert.«

Epilog

Ich habe nichts verändert. Sogar seine Kleider passen mir. Die Hosen, bei denen das möglich war, brachte ich zum Schneider und ließ sie ändern, Socken und Unterwäsche habe ich mir neu gekauft, die Schuhe musste ich verschenken, sie waren mir zu klein. Ich habe kein einziges neues Buch in die Bibliothek gestellt, der Wein wird mir noch lange reichen, denn ich trinke nur hin und wieder eine Flasche davon, wenn ich mit ihm zusammen sein will. Er sitzt dann im Lounge Chair, ich stehe und schaue über die Dächer oder liege auf dem Sofa, und wir brauchen nicht zu reden, es ist alles gesagt.

Ich weiß, dass das irgendwann vorüber sein wird, irgendwann wird es nicht mehr funktionieren, dann öffne ich eine dieser Flaschen und bleibe allein. Ich bin darauf vorbereitet.

Inzwischen weiß ich, wo Agnes' Grab ist, aber ich war noch nicht dort. Manchmal vor dem Einschlafen oder in Momenten, in denen ich an nichts denke, sehe ich mich dort stehen und flüstern, du warst für ihn das Größere. Und wenn der Himmel ein Ort ist, dann sucht er dort nach dir.

Danke: Jone Heer, Axel Hundsdörfer, Bernhard Lassahn, Sybille Hempel-Abromeit, Michael Kröher, Christiane Mühlfeld, Wolfgang Ferchl, Anja Heling, Uli Gleis, Nureeni Träbing, Ute Bredl-Heydt, Claudia und Uli Kettner.

Thommie Bayer
Aprilwetter
Roman. 224 Seiten.
Piper Taschenbuch

Daniel, Benno und Christine – drei Liebende, ein Betrogener, die klassische Situation. Thommie Bayer erzählt sie auf grandiose, mitreißende Weise neu und erfindet dabei einen Helden, der in seiner Selbstlosigkeit ebenso berührend wie unzeitgemäß ist.

»Thommie Bayer erzählt seine außergewöhnliche Dreiecksgeschichte in einer klaren, unverschnörkelten Sprache. Ein spritzig, leichter Roman! Wie geschaffen für die ersten aprilhaften Frühlingsgefühle.«
Norddeutscher Rundfunk

Thommie Bayer
Eine kurze Geschichte vom Glück
Roman. 224 Seiten.
Piper Taschenbuch

Euphorie und Verzweiflung liegen für Robert Allmann sehr nah beieinander: Am selben Tag, an dem er ein unvorstellbares Vermögen gewinnt, verliert er das Wichtigste in seinem Leben – und ist endlich gezwungen herauszufinden, wer er wirklich ist. Wo liegt das Glück, und wie hält man es fest? Raffiniert und mitreißend erzählt Thommie Bayer von seinem verzweifelten Helden und dessen überraschender Antwort auf eine uralte Frage.

»Ein nachdenkliches, skurriles, zutiefst menschliches Buch. Ein Glückstreffer!«
Myself

PIPER

Thommie Bayer
Der langsame Tanz
Roman. 159 Seiten.
Piper Taschenbuch

Martin ist das beliebteste Akt-
modell der Akademie. Als eines
Tages der Alptraum eines jeden
männlichen Modells wahr
wird, kündigt er in Panik seinen
Job. Doch die Künstlerin Anne
ist wie besessen von ihm und
macht ihn zum ausschließli-
chen Modell ihrer Bilder. Und
schon bald geraten Maler und
Modell in eine fatale Abhängig-
keit. Martin träumt sich immer
intensiver in die Rolle des Lieb-
habers, ohne zu wissen, was
Anne in ihrem Schaffensrausch
mit ihm vorhat …

»Daß man sich aus Bayers
spritzigen Dialogen nicht los-
reißen kann, daß seine Figuren
sehr genau gezeichnete Typen
aus dem Alltag sind, auch wenn
sie durchaus unalltägliche Ge-
schichten erleben, gerade das
macht die Faszination seiner
Texte aus.«
Rheinischer Merkur

Thommie Bayer
Die gefährliche Frau
Roman. 240 Seiten.
Piper Taschenbuch

Vera bietet ihre Dienste als
Lockvogel an: Eifersüchtigen
Frauen schafft sie Gewißheit –
und kann über Nacht Ehen zer-
stören. Bisher hat sie jeden
Mann in ihr Bett und auf Video
bekommen. Doch dann wird
sie auf den Schriftsteller Axel
Behrendt angesetzt, der offenbar gar nicht auf einen Seiten-
sprung aus ist. Vielmehr will er
Veras Geschichte erfahren, und
ihre Treffen werden zu einem
Ringen um Nähe und Distanz,
zu einem Spiel um Vertrauen
und Betrug …

»Ein höchst spannender, eroti-
scher Beziehungsthriller um die
Fragen: Wieviel Vertrauen
braucht Liebe, und was passiert, wenn zwei Menschen sich
öffnen und (ver)trauen?«
Bayerischer Rundfunk

PIPER

Maarten 't Hart
Der Flieger

Roman. 304 Seiten.
Piper Taschenbuch

Als gewissenhafter protestantischer Grabmacher hat man es schwer: Erst soll man dieses lächerliche Kreuz aufstellen, dann wird man von den »Katholen« gebeten, tausend Tote umzubetten, und obendrein bekommt man den bauernschlauen Ginus zur Seite gestellt, der sich nichts als Feinde macht. Ebenso schwierig aber ist es, der Sohn dieses höchst eigensinnigen Totengräbers zu sein – vor allem wenn man unerwidert in ein Mädchen aus der Nachbarschaft verliebt ist …

»Maarten 't Hart schreibt so wunderbar skurril, theologisch versiert und zutiefst menschlich über das calvinistisch geprägte Holland – und vor allem deshalb, weil es die Welt seines Vaters war.«
Brigitte

NDR Kultur

»Vergnüglich, klug, ein wenig boshaft und sehr schön erzählt.«
Buchkultur

Toni Jordan
Tausend kleine Schritte

Roman. Aus dem australischen Englisch von Brigitte Jakobeit. 272 Seiten. Piper Taschenbuch

Grace Lisa Vandenburg zählt alles, was sie umgibt, jede Kleinigkeit: die Schritte bis zu ihrem Lieblingscafé (920), die Streusel auf ihrem Orangenkuchen (12–92) und die Buchstaben ihres Namens (19). Erst Seamus O'Reilly und sein unwiderstehlicher Wunsch, hinter das Geheimnis ihres Lebens zu kommen, lässt sie die Kontrolle verlieren.

»Ein hinreißendes Plädoyer für alle kleinen und selbst die größeren menschlichen Macken.«
Brigitte

»Eine kuriose und witzige Liebesgeschichte – von Herzen empfehlenswert.«
Westdeutscher Rundfunk,
Christine Westermann

PIPER